戊神慶丁
彭文彰淘

천미신교
낙양지부

천마신교 낙양지부 23

정보석 新무협 판타지 소설

초판 1쇄 찍은 날 § 2019년 3월 11일
초판 1쇄 펴낸 날 § 2019년 3월 18일

지은이 § 정보석
펴낸이 § 서경석

편집책임 § 최광훈

펴낸곳 § 도서출판 청어람
등록번호 § 제387-1999-000006호
등록일자 § 1999. 5. 31
어람번호 § 제2-2776호

주소 § 경기도 부천시 부일로 483번길 40 서경B/D 3F (우) 14640
전화 § 032-656-4452 팩스 § 032-656-4453
http://www.chungeoram.com
E-mail § chungeorambook@daum.net

ISBN 979-11-04-91956-5 04810
ISBN 979-11-04-91369-3 (세트)

23

천미신교
낙양지부

정보석 新무협 판타지 소설

FANTASTIC ORIENTAL HEROES

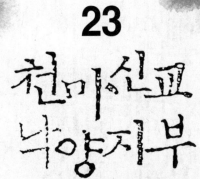

도서출판 청어람

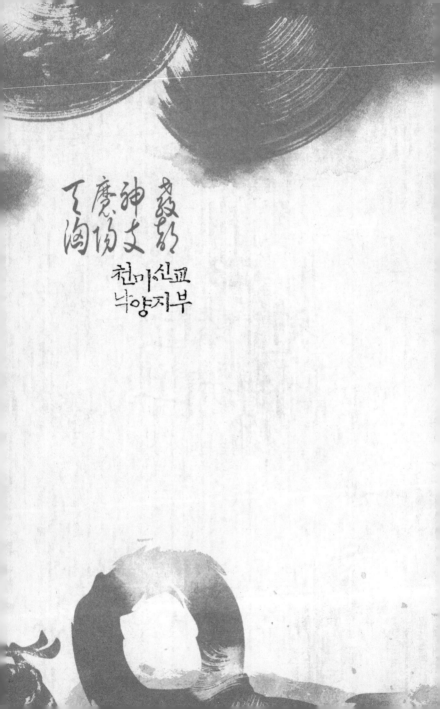

毅影 神文 慶陽 天洞

천미신교
낙양지부

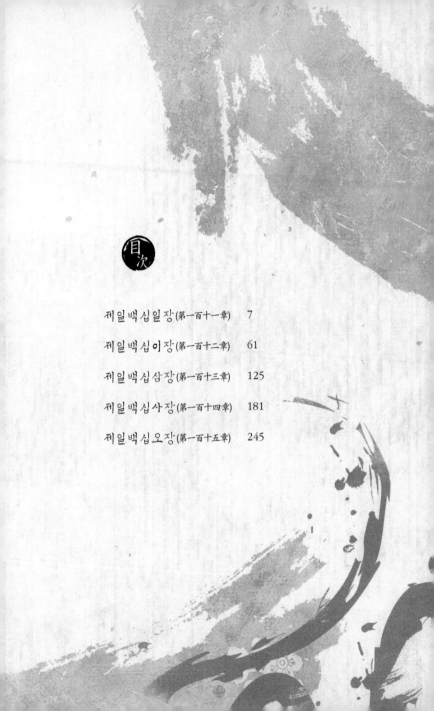

目次

제일백십일장(第一百十一章)   7

제일백십이장(第一百十二章)   61

제일백십삼장(第一百十三章)   125

제일백십사장(第一百十四章)   181

제일백십오장(第一百十五章)   245

제일백십일장(第一百十一章)

공기는 무거웠다.

단순한 물을 넘어서 소금이 가득 찬 소금물 같았다. 물 사이사이의 빈 공간에 찰 대로 차서, 살짝 휘젓기만 해도 그 소금을 토해낼 정도로 진하디진한 소금물 말이다.

피월려는 몸을 움직이는 것은커녕 숨을 쉬지도 못했다. 입을 벌려 숨을 마시려 해도 중수(重水)처럼 무거운 공기는 그의 폐 속으로 들어오려 하지 않았다.

그대로 질식해 버리는 것이 아닌가 걱정이 될 때쯤, 누군가 그의 입에 큰 통과 같은 것을 억지로 찔러 넣었다.

"으, 으윽."

구토가 치밀었지만, 그 통은 그의 입을 통해 식도를 타고 들어가 배 속까지 들어갔다. 그뿐이랴. 그 통은 엄청난 흡입력으로 그의 배를 빨아들였는데, 그의 위장부터 시작해서 그의 장기가 하나하나씩 그 통에 빨려 들어갔다.

고통은 없었으나, 그 엄청난 이질감에 정신이 혼미해질 지경이었다.

장기가 모두 뒤집힌 채 통에 빨려 들어가고 나자 그의 근육과 뼈, 팔과 다리 그리고 얼굴까지도 완전히 뒤집힌 채로 안쪽으로 빨려 들어갔다.

두 눈이 반대 방향으로 멀어지면서 만들어낸 시각은 피월려는 전혀 이해하지도, 할 수도 없었다.

"크하악! 하악."

통 안으로 완전히 빨려 들어간 피월려는 그 자리에 주저앉고 헛구역질을 했다. 아무리 속을 게워내도 아무것도 나오지 않았다.

오히려 게워내려 하면 할수록 속이 더 차오르는 듯한 느낌이 들었다.

"잘 도착했군."

피월려가 고개를 들어서 앞을 보자 그곳엔 한 여아가 있었다. 앳된 그 얼굴은 제갈미의 그것을 너무나 닮아 있었다. 도복과도 같은 새하얀 옷차림을 한 그 여아는 품속에 무현금을 안고 있었는데, 얇은 두 팔과 두 다리가 있었고, 그 위로 털이 수북이 나 있었다.

무현금은 그 가느다란 사지를 이리저리 움직이면서 어떻게든 여아의 품에서 벗어나고자 안간힘을 쓰고 있었다. 하지만 여아는 양손을 교차한 채, 각각 한 다리와 한 팔을 꽉 붙잡아 무현금을 놔주지 않았다.

피월려가 물었다.

"제갈극?"

"맞다."

"그 모습은……."

여아, 아니, 제갈극은 기가 찬다는 듯 말했다.

"네가 할 소리가 아닌 것 같은데? 이면에서 다른 사람을 마주한 적은 많지만, 너처럼 이토록 화려한 외관을 가진 사람은 없었다."

"……."

"네 머리에 앉아 있는 청룡. 두 눈이 뽑힌 채로 얌전해 보이기는 하나, 확실히 네 머리에 똬리를 틀고 있어. 네 발의 모든 발톱이 네 머리에 이리저리 박혀 있는 것을 보니, 상당히 복잡하게도 얽혀 있는 것 같군."

피월려는 팔을 들어 그의 머리를 만져보았다. 그러자 마치 뱀의 그것과도 같은 거친 가죽이 만져졌다. 그가 살살 만져가며 그 형태를 따져보니, 확실히 그의 팔뚝만 한 용 한 마리가 머리에 있는 것 같았다.

용은 마치 죽은 듯 조용했다. 하지만 자세히 들어보니, 새근새근 숨을 쉬고 있는 소리가 들렸다.

제갈극이 가까이 다가왔다. 그는 피월려에게 손짓하여 앉으라고 했고, 피월려가 앉자 그의 머리를 이리저리 돌아보며 상태를 확인했다. 그러다가 문득 피월려가 그를 올려다보는 시선을 느끼고 말했다.

"왜?"

"아, 아니오."

"내 얼굴이 미 누님 같아서 그러느냐?"

"……."

"이곳은 네 영역이다. 같은 제갈 피가 섞인 내가 들어왔으니, 네가 가장 보고 싶어 하는 제갈의 외관으로 보일 것이다. 그 정도로 영향을 미쳤을 줄은 몰랐군."

"본인이 볼 땐 어떻게 보이오?"

"여기선 내가 내 모습을 확인할 수 없다. 네 영역이지 않으냐?"

"그럼 내 눈에 제갈미가 비춰졌다는 건 어찌 알았소."

"그 이유는 대답할 가치도 없을 만큼 간단하지."

"크흠."

피월려가 괜히 기침을 하자 제갈극은 그에게 관심을 거두고 용의 발톱이 박혀 있는 부분 부분을 자세히 살폈다.

제갈극이 발톱을 만질 때마다, 찌릿하는 고통이 그 부분에 박혀 있는 부분에서 피월려에게 전해졌다. 그리고 용도 잠에서 깼는지, 두 눈이 뽑혀 있는 머리를 이리저리 움직이면서 제갈극의 위치를 찾기 시작했다.

"정말 복잡하기 이를 데 없군."

"어떻소? 용안심공을 떼어낼 수 있겠소?"

"스무 개의 발톱이 각각 박혀 있는 곳은 거의 대부분 뇌의 중추신경이다. 그중에서도 네 뒷머리에 박힌 이 두 개의 발톱은 제거하려 했다간 즉시 죽어버릴 거야."

"……."

"그곳은 숨을 쉬고 심장을 움직이는 등, 생명과 밀접한 관련이 있는 곳이다. 역혈지체를 이룸으로 인해서 뇌의 기능이 반전된 것도 모자라서, 용안심공까지 얽혀 있으니, 이건 뭐 답이 없군. 내가 볼 때 용안심공을 먼저 익히고 역혈지체가 된 듯한데 맞느냐?"

"맞소."

"미치겠군."

"불가능하오?"

제갈극의 표정이 묘하게 변했다. 그러다가 엄청난 모욕과 수치를 당한 듯 입술을 꽉 물었다. 피월려는 그 모습에 제갈미와 꼭 닮아, 멍해지는 기분을 느꼈다. 하지만 그 입에서 나온 목소리는 남아의 것이었다.

"본좌에게 불가능은 없다."

"……"

"하지만 지금 이대로는 불가능하지. 일단 네 앞머리 쪽에 박힌 발톱을 제거하여 기억을 되살린 후, 기씨 가문의 비문을 듣고 나면 그땐 충분히 가능해질 것이다."

"좋소. 그러면 그렇게 하시오."

"내가 하는 게 아니라 우리가 하는 거다."

"내가?"

"지금 우리가 있는 곳은 이면의 2층. 그리고 네가 3층으로 내려가서 나를 도와야 한다. 그곳까지 내려가 세밀한 교정이 없이는 완전히 발톱을 제거할 수 없어. 내가 직접 3층까지 내려간다면야 가능하겠지만, 이곳은 네 영역인 만큼 2층에 이렇게 있는 것도 기적이야."

"……"

"그럼 우선 네 의식을 3층으로 보내마. 거기서 네 무의식이 만든 적과 마주하게 될 수도 있다. 하지만 네겐 모든 것을 베는 심검이 있으니, 상관없겠지. 다만 문제가 있다면 그 심검의 기반이 용안심공일 경우, 용안심공을 제거하는 와중에 있어서……."

피월려가 제갈극의 말을 잘랐다.

"아니오."

"……."

"심검의 기반은 금강부동심법이오. 지금껏 용안심공이라 믿었지만, 그것은 거짓된 믿음. 금강부동심법을 통해 이룬 심검이니 발톱이 제거되는 와중에도 심검은 영향을 받지 않을 것이오."

"확실하더냐?"

"확실하오."

"……."

"한 가지 물어보고 싶은 것이 있소."

"뭘?"

"여기서 사망하면 어떻게 되오? 진짜로 죽는 것이오?"

"아니, 한 층 아래로 내려가지. 하지만 강제로 내려가는 만큼 골치 아파. 다시 못 올라올 수도 있다. 그러면 실제로 죽은 것과 매한가지가 된다."

"……."

"그러니 죽지 마. 그럼 끝이라고 생각해."

"알겠소."

"그럼 준비되었느냐?"

"보내시오."

제갈극은 손가락을 하나 뻗어 피월려의 앞머리를 툭 하고 쳤다. 그러자 피월려의 의식이 모조리 그 한곳에 집중되기 시작했다. 마치 방금 전 통 안으로 빨려 들어가듯, 제갈극이 건든 그 한 점으로 모든 의식이 집중되는 것 같았다.

그리고 그가 정신을 차렸을 때, 앞에 서 있는 거대한 제갈극의 모습을 볼 수 있었다.

"드을리이느으냐아아!"

고막을 찢는 듯한 소리에 피월려는 자기도 모르게 귀를 막았다. 그는 곧 고개를 끄덕였고, 거대한 제갈극은 그 육중한 손가락을 움직여 한곳을 가리켰다. 피월려가 그곳을 보니, 그곳엔 집채만 한 발톱이 땅에 박혀 들어가 있었다.

땅이 아니다.

"내 머리… 지금 나는 작아진 채로 내 몸 위에 있는 건가?"

그가 땅을 보니, 마치 사막의 그것처럼 이리저리 갈라져 있었다. 그가 몸을 숙이고 땅을 이리저리 만져보니, 그의 머리에서 간질간질한 느낌이 났다.

확실히 그는 벌레 정도 되는 작은 크기로 그의 몸 위에 있는 것이다.

피월려는 품속에서 심검을 꺼냈다. 무의식적으로 심검이 있다고 생각하니, 그의 오른손에 심검이 잡혔다.

다만 현실의 심검과 다른 점이 있다면, 반투명한 검신이 아니라 완전한 철검이었다. 그가 수천 조각으로 깨부쉈던 역화검. 그것이 온전한 형태 그대로 그의 손에 들려 있었다.

"실제로 역화검을 쥐어보는 건 오랜만이군."

쉬이익.

역화검은 마치 살아 있는 생물체처럼 낮게 으르렁거렸다. 그 소리는 마치 귀신들이 낸다는 귀곡성과도 같아 전신에 소름이 돋게 만들었다.

피월려는 그것을 꽉 쥐고는 제갈극이 가리킨 곳 쪽으로 걸어갔다.

가는 길은 험준했다. 그의 털은 마치 흔들리는 나무와 같았고, 각질은 무거운 바윗덩어리였으며, 피지는 미끄러운 늪을 만들었고, 주름은 넓은 절벽과도 같았다. 피월려는 그가 보았던 경공을 연속적으로 펼치면서 이리저리 움직였다. 그는 자신이 내공이 없다는 사실과 경공을 제대로 익힌 적이 없다는 사실을 완전히 자각하지 못했다.

그렇게 곧 피월려는 첫 번째 발톱에 다다를 수 있었다. 마치 대지에 박혀 있는 날카로운 운석과도 같은 그 발톱은 가까이서 바라보는 것만으로도 경외감을 주었다.

"아안에에 휘이가암고오 이있느은 시인겨엉으을 자알라아

라아아!"

피월려가 상처 부위에 고개를 내밀고 아래를 보니, 발톱이 박혀 있는 저 아래에 그의 뇌에서부터 뻗어 나온 신경다발이 이리저리 엉켜 있었다. 그는 미끄러지듯 그 상처 아래로 들어갔고, 곧 그의 뇌까지 들어갈 수 있었다. 그는 허리를 꼿꼿이 펴고 주변을 살펴보았는데, 크게 세 덩이의 신경다발이 올라와 잔가지를 치고 있었다.

그는 심검을 뽑아 들어, 그 세 덩이의 신경다발을 한 번에 잘라 버렸다.

"크— 악!"

피월려는 머리를 부여잡고 그대로 주저앉았다. 그리고 눈앞에 어지럽게 펼쳐지는 기억의 파편에 정신을 차릴 수가 없었다. 도저히 몸을 가누지 못하고 엎어질 때쯤, 뇌의 한쪽에서부터 어떤 검은 형체가 서서히 그를 향해 걸어오기 시작했다.

심검이 파르르 떨리기 시작했다.

그 검은 형체가 피월려에게 말했다.

"술 대작할 때 약속한 건 어찌 되었나?"

"낙양흑검……."

"가도무는 죽였나?"

"……."

피월려는 말없이 침을 삼켰다.

그러자 낙양흑검이 차갑게 웃었다.

"죽이지 않았군."

"엄연히 죽이긴 죽였소."

"죽이긴 죽였다라… 무슨 뜻이지?"

"그 이상 설명할 건 없소. 부탁한 대로 그를 죽였으니, 얌전히 내 검에 머무르시오, 낙양흑검."

낙양흑검은 비웃음을 얼굴에 그리더니 손을 앞으로 뻗었다.

그러자 피월려의 심검이 사라지고 그의 손에 심검이 들렸다.

"내가 널 주인으로 인정하지 않는 한 심검은 나의 것이다, 피월려."

"……"

"이왕 이렇게 된 거, 내가 네 몸을 차지해 주마."

낙양흑검은 피월려에게 달려왔고, 검이 없던 피월려는 그대로 경공을 펼쳐 달아나기 시작했다. 경공을 모르는 낙양흑검은 피월려의 속도를 도저히 따라올 수 없었다.

어느새 피부 위까지 올라온 피월려는 상처의 절벽을 기어올라오는 낙양흑검을 내려다보곤 제갈극에게 말했다.

"심검을 빼앗겼소!"

제갈극이 대답했다.

"뭐어? 누우구우에에게에?"

"낙양흑검에게. 내 검에 잠들었던 대장장이의 원혼이오."

"……."

"원혼을 퇴치할 줄은 아시오?"

제갈극은 거대한 고개를 흔들었다.

"마술(魔術), 주술(呪術), 요술(妖術), 사술(邪術), 귀술(鬼術)에 에느은 취이미이가아 어없다아아!"

"……."

"다아르은 거엄으은 어없느으냐야? 네에 마아으음소옥에 나암아아 이있느은… 기잎으은 교오가암으을 해앴더언 거엄 마알이이다아아!"

"아… 있소."

피월려는 허리춤으로 양손을 가져갔다.

철컥.

그는 그 검을 뽑았고, 길고 긴 태극지혈의 붉은 검신이 그 모습을 드러냈다.

위로 올라오던 낙양흑검은 그 태극지혈을 보곤 놀라 말했다.

"그, 그건!"

"너와는 상관없는 검이지."

피월려는 태극지혈을 휘둘러 검기를 뽑었다. 막 절벽에서 올라오느라 바빴던 낙양흑검은 그 검기를 피하지도 막지도 못했다.

"크학!"

그는 그대로 두 동강이 난 채 아래로 떨어졌다. 그 모습이 사라질 때까지 떨어지자 피월려는 고개를 돌려 제갈극을 보았다.

"다음 건 어디 있소?"

제갈극은 다른 한 곳을 손가락으로 가리켰고, 피월려는 그쪽으로 움직였다. 피월려가 적당한 거리로 멀어지자 제갈극이 그 첫 번째 발톱을 잡아 뽑았다.

"크윽."

피월려는 이번에도 고통에 몸부림쳤는데, 즉시 묘한 상쾌함이 몰려와 그 고통을 몰아내었다. 때문에 바로 정신을 차릴 수 있었다.

제갈극이 피월려를 보며 말했다.

"이이제에 시이자악이이다아아!"

"……."

"가아라아."

"후우."

피월려는 깊은 숨을 한번 내쉬곤 발걸음을 재촉했다.

그렇게 몇 번이고 발톱을 제거하자 기억의 편린들이 하나둘씩 떠올라 그의 정신을 흔들었다. 또한 뒤엉켰던 감정들도 하나둘씩 제자리를 찾아가며 그의 마음을 흔들었다.

피월려는 금강부동심법으로 정신과 마음을 보호하며, 쉬지 않고 제갈극의 말을 따라 움직였다. 하지만 멀쩡한 겉보기완 다르게 심력을 극심하게 소모하여 지금 제거하고 있는 발톱이 몇 번째인지도 분간하지 못했다.

다음번 발톱에 도착한 피월려는 지금껏 그랬던 것처럼 낙양흑검을 마주할 줄 알았다. 하지만 낙양흑검은 한곳에 차가운 시신이 된 채 누워 있었다. 그리고 그를 차가운 눈빛으로 내려다보고 있는 한 사내가 있었다.

황룡이 양각된 호화스러운 검을 든 이십 대 중반의 사내는 신비한 느낌의 백발과 훤칠한 키에 말끔한 피부를 가지고 있었다. 그는 시선을 돌려 피월려를 보았는데 그 눈 속에 형용할 수 없는 기운을 내포하고 있었다.

"오랜만이군."

피월려는 단박에 그가 누군지 알 수 있었다.

"금룡? 아니, 황룡검주입니까?"

"반로환동으로 인해서 내 외견이 내 아들과 혼동될 만하지."

"……"

"린 아가 신세를 지고 있군."

"아닙니다."

"긴장하지 말게, 자네를 죽여야 할 이유는 없으니."

"……"

"뭣하면 도와줄까?"

"괜찮습니다."

"사양치 말게."

진파진은 웃었다.

피월려는 그에게 다가가 포권을 취하곤 말했다.

"아래로 내려가서 발톱을 붙잡고 있는 신경다발을 잘라내야 합니다."

"그래? 그럼 그동안 저놈들은 내가 맡으면 되는 건가?"

"예?"

진파진은 엄지손가락으로 한쪽을 가리켰고, 피월려는 자연스레 그쪽으로 시선을 옮겼다. 그곳에선 검은 연기가 자욱하게 퍼져 있었는데, 그 연기가 하나둘씩 뭉치면서 낙양흑검이 되고 있었다.

수십, 수백, 아니, 수천이 넘어가는 낙양흑검은 각자의 역화검을 들고 피월려와 진파진을 살기 어린 눈빛으로 쳐다보고 있었다.

그 표정에도 적대심이 가득하여, 어떤 방법으로도 싸움을 피하기 어려워 보였다.

피월려는 고개를 끄덕였다.

"부탁드리겠습니다."

진파진은 숨을 깊게 들이마시며 말했다.

"입신에 오르니 그 어떠한 것도 상대할 것 같은 기분에 젖어들었지. 수천 명의 검객을 봐도 매한가지야."

"⋯⋯."

"그 정도로 현실과 동떨어지게 돼. 아니, 실제로 조화경에 이르러 사람의 시각에서 벗어났으니 실제로 동떨어진 존재가 된 것이지. 안 그런가?"

"무슨 뜻인지 모르겠습니다."

"입신에 오르고 나면 이해할 걸세. 특히나 무공으로 입신에 이르면 무신(武神)이 되니 무로 모든 것을 해결하려 할 거야. 그 마음을 잘 다스리게. 자만은⋯⋯."

피월려는 그 뒷말을 자기도 모르게 말했다.

"곧 죽음이다."

"그렇지."

진파진의 몸이 황금빛으로 물듦과 동시에 하나의 황룡이 되어 승천하더니 낙양흑검이 모인 중심으로 떨어졌다. 곧 강렬한 빛이 검은 연기를 모조리 몰아내었고 그 빛을 따라 뿜어진 검강에 의해서 백이 훌쩍 넘어가는 낙양흑검이 먼지로 화했다.

피월려는 서둘러 상처 안으로 들어갔다.

이번에는 총 일곱 개의 신경다발이 보였다. 도저히 한 번에 벨 수 없는 형태여서 그는 고개를 들어 제갈극에게 말했다.

"조금만 잡아당기시오. 그래야 한 번에 베어낼 수 있을 것 같소."

거대한 제갈극은 발톱을 손가락으로 잡더니, 피월려에게 말했다.

"고오토통이이 시임하알 거어다아아."

"알겠소."

제갈극은 발톱을 잡아당겼다. 그러자 일곱 신경다발들이 팽창하며 그 발톱을 놓아주지 않으려 했다. 그리고 그와 동시에 피월려는 그 부분의 머리에서 극심한 통증을 느끼며 그대로 주저앉았다.

마치 머리카락을 뽑아내는 고통을 수백 배로 키워놓은 것 같았다. 머리카락의 뿌리가 머릿속 가장 깊은 곳까지 연결되어 그곳을 잡아당기는 것 같은 느낌. 피월려는 도저히 정상적이 사고를 이어나갈 수 없었다.

끼리릭.

신경을 긁는 듯한 마찰음에 피월려가 고개를 돌려 옆을 보았다.

그곳에는 멋들어진 흑의를 입은 혈적현이 그를 내려다보고

있었다. 없어야 할 오른팔에는 복잡하기 이를 데 없는 구조로
이리저리 뒤엉켜 있는 의수(義手)가 있었다. 빛을 흡수하는 듯
한 검은색이었는데 각도에 따라 빛을 반사하는 것이 금속 재
질임은 분명했다.

"도와줄까?"

"혀, 혈적현?"

혈적현은 왼손을 품속에 집어넣어 무언가를 꺼냈다. 그리
고 팽팽하게 늘어난 신경다발 사이로 그것을 던졌다.

치이익. 쾅!

크다고도 혹은 작다고도 할 수 없는 묘한 폭음을 내며 그
것이 터졌다. 그러자 신경다발들이 불타오르며 발톱을 놔주었
고, 제갈극이 그 발톱을 뽑아내었다. 피월려는 다시 헛구역질
을 하더니 곧 밀려오는 상쾌함에 심력을 회복했다.

"그, 그 모습은?"

혈적현의 표정은 자신감이 가득했다. 눈과 팔을 잃고 나서
부터 항상 그 얼굴에 자리 잡았던 열등의식은 온데간데없었
다. 그 자신감은 자신의 무위를 확신하는 실력자에게나 찾아
볼 수 있는 것이었다.

혈적현이 말했다.

"미래에서 왔다."

"미래?"

"명상하는 도중 부름이 있더군. 그래서 확인해 보니, 용안심공으로 미래를 엿보고 있는 너를 발견했다. 하지만 이제 보니 네가 아니라 용안심공의 마지막 발악이로군. 참으로 신비로운 심공이야."

"……."

"올라가자. 마지막까지 도와주마."

혈적현이 의수를 위로 뻗자 철컥하는 소리와 함께 무영비가 출수되었다.

그렇게 포물선을 그리며 날아간 무영비가 피월려의 머리 피부에 박혔다.

혈적현이 자기 의수를 붙잡았고, 그 순간 그의 몸이 붕 떠오르며 무영비가 그린 포물선을 따라서 날아갔다.

그 모습을 멍하니 바라보던 피월려는 서둘러 경공을 펼쳐 그를 따라갔다.

혈적현은 저 멀리서 진파진과 수천의 낙양흑검의 싸움을 구경하고 있었다.

"대단한 싸움이다. 아마 깨어나면, 잊어버리겠지."

그를 따라온 피월려가 물었다.

"미, 미래에서 왔다는 게 무슨 뜻이야? 시간을 넘나들었다는 거냐?"

"그런 셈이지. 하지만 꼭 그렇다고 할 순 없어."

"그, 그런."

"네 입장에선 네가 엿본 미래를 통해 나의 의식을 만들어 낸 것이고, 내 입장에선 내 꿈에서 너라는 의식을 만들어냈을 뿐이다. 우리는 각자의 상상 속에서 각자의 모습을 그려낸 것이지, 서로 인과관계를 교류하고 있는 게 아니야."

"……."

"이해할 거라 생각하지 않는다. 한 가지만 말해준다면 시간이란 건 환상이다. 존재하지 않아. 이 세상에 깨뜨릴 수 없는 절대 법칙은 시간이 아니라 인과율(因果律)이다."

"무슨 말이야?"

"시간을 넘지 못하는 건 인과율을 부수기 때문이지, 시간 자체에 그런 법이 있는 건 아니라는 것이다. 인과율을 해치지 않는 선에선 시간을 넘나들 수 있어."

"……."

"됐다."

혈적현의 표정은 마치 어린아이를 보고 답답함을 느끼는 어른의 그것이었다. 피월려는 궁금증이 돌아 물었다.

"미래에서 왔다니까 물어볼게. 미래는 어떻게 돼?"

"기억나지 않는다."

"뭐?"

"여긴 내게 있어 몽계(夢界)야. 현 시점의 내 나이나 직함, 상황 등을 의식적으로 떠올릴 수 없어. 단지 내가 아는 건 이 몽계에서 빠져나가기 위해선 너를 도와 용안심공의 손아귀에서부터 벗어나야 한다는 것이지."

"참 나, 그럼 네가 미래에서 왔다는 증거가 어디 있나?"

"없지. 아까도 말했지만, 네 입장에선 난 그저 용안심공으로 추측한 혈적현의 모습일 뿐이다. 그리고 내 입장에선 이 세상이 꿈일 뿐이고."

"……"

"싸움이 끝나는군."

진파진의 몸에서 호신강기가 뿜어지며 그를 둘러싼 수십의 낙양흑검이 그 폭발에 휘말려 불타올랐다. 그러나 그 뒤를 이어 쫓아 들어온 낙양흑검이 내지른 역화검에 진파진의 온몸이 난도질당했다. 진파진은 입으로 선혈을 뿜어내며 황룡검을 움직였지만, 채 네 명을 더 죽이지 못하고 쓰러졌다.

이후 낙양흑검의 수가 기하급수적으로 불어났다.

피월려가 말했다.

"엄청난 숫자야. 만은 넘겠는데?"

"흐음. 우선 움직이자. 다음번 발톱은 어디지?"

피월려는 하늘을 올려다보았고, 제갈극이 말했다.

"이일다안으은 끄을이이다아. 오올라아와아라아아!"

"어떻게 올라가요?"

"누눈으을 가암고오 떠어오오르으느은 사앙사앙으을 해애 애!"

피월려는 고개를 끄덕였다.

그러곤 혈적현을 바라보며 말했다.

"끝이라네. 아쉽게도 벌써 작별이군."

"그래."

"어차피 미래에 보겠지. 그때 만나면 술판이나 제대로 벌이 자고. 내가 따라주는 술은 끝까지 무조건 다 마셔야 한다."

혈적현은 한쪽 입꼬리를 올렸다.

"글쎄, 네가 따라주는 술을 내가 먹긴 어렵지."

"왜?"

"남에게 보이는 위치란 게 있으니까."

"위치?"

혈적현은 피월려에게 서서히 다가오는 수천, 수만의 낙양흑 검을 향해 의수를 뻗어 무영비를 출수하고는 말했다.

"군신(君臣) 간의 대작에선 자고로 군(君)이 신(臣)에게 술을 따라주는 법이다."

그는 곧 무영비를 따라 하나의 선처럼 움직이며 멀어졌다. 그들의 중심에 안착한 무영비주는 한 바퀴를 빙글 돌았는데, 이에 따라 움직인 무영비가 수백 명의 낙양흑검을 두 동강 내 었다.

뿐만 아니라, 회전 중에 그가 흩뿌린 작은 폭탄들이 연속적으로 터지면서 역시 수백 명의 낙양흑검이 화염에 휩싸였다.

그 장관을 바라보며 피월려는 나지막하게 중얼거렸다.

"저게 무공인가?"

피월려는 고개를 흔들었다. 혈적현이 시간을 끌어주는 동안 나가야 하는데 이렇게 감상만 하며 시간을 낭비할 순 없었다.

그는 제갈극의 말대로 눈을 감고 점차 몸이 떠오르는 듯한 상상을 했다. 그러자 그의 몸은 실제로 떠오르기 시작했는데, 그와 동시에 그의 몸이 점차 비대해져만 갔다.

그리고 그가 눈을 떴을 땐, 거인처럼 보였던 제갈극과 동일한 크기가 되었다.

제갈극이 말했다.

"대뇌(大腦)에 박힌 발톱은 모두 제거했다. 용안심공의 영향으로 흐려졌던 기억은 모두 되찾았을 것이다."

"……."

"기씨 가문의 비보는 기억하느냐?"

"그보다 뭔가 중요한 걸 잊은 것 같소."

"3층은 2층에선 꿈과 비슷하다. 잠을 자고 일어나면 꿈을 잊어버리는 것처럼 3층에 있었던 일도 2층으로 올라오면 희미하게 기억할 뿐이지."

"……."

"그래서 기씨 가문의 비보는?"

피월려는 제갈극의 말을 듣고 미간을 좁혔다. 그러자 이런 저런 기억들이 너무나도 큰 상쾌함과 함께 물밀듯이 쏟아졌다. 그중에는 마공에 방해를 받지 않기 위해 일부 봉인했던 금강부동심법의 기억도 있었고, 혈적현에게 들었던 이기와 성리학도 있었으며 당연히 기씨 가문의 비보도 있었다.

전에 용안을 뽑았다고 기억의 봉인이 온전히 깨진 것은 아니었다.

이기(理氣)나 금강부동심법 등의 지식을 부분적으로 기억하여 깨달음을 얻었지만 그것은 마치 혼탁한 유리를 통해서 겨우 세상을 인지한 것과 진배없었다.

지금은 그 유리가 깨어져 맑은 시야로 세상을 보는 것. 모든 기억을 너무나도 또렷이 떠올릴 수 있었다.

피월려가 말했다.

"환사마지(還事摩之)……."

피월려는 이후로도 계속해서 읊었고 이 이야기를 들은 제갈극은 눈동자를 파르르 떨며 한 글자도 놓치지 않기 위해서 극도로 집중했다.

제갈극은 피월려가 말을 끝냈음에도 꽤 오랜 시간 동안 집중에서 벗어나지 않았다. 그러다가 그가 툭하니 말했다.

"잠시 나갔다 오마. 여기서 가만히 기다리고 있거라."

"왜 그렇소?"

"비보를 완전히 이해하고 다시 술법을 펼쳐 들어오겠다. 그러면 뒷머리에 박힌 발톱을 제거할 수 있을 것이다. 잠시만 기다려라."

피월려가 뭐라 하기도 전에 제갈극은 한 마리 학이 되어 하늘 높이 날아가기 시작했다.

*   *   *

"네놈 때문이야. 네놈 때문에… 내가, 내가……."

어머니는 인사불성이 된 채, 흐느끼듯 중얼거렸다. 피월려는 그 소리를 못 들은 척하며, 누워 있는 어머니의 몸에 이불을 덮어주었다. 진한 분과 술 냄새가 뒤섞인 악취 나는 몸이 이불로 덥히자 방 안 공기가 한결 나아졌다.

그러나 어머니는 더위를 참지 못해 이불을 걷어차 버렸고 화려한 궁장으로도 다 가리지 못한 멍과 상처가 피월려의 눈에 들어왔다.

피월려는 한쪽으로 가 약상자를 열었다. 통 안에는 이런저런 약제를 담은 주머니가 있었는데 어린 그에겐 그 안의 약제가 모두 흰색 가루로만 보였다. 몇 번이고 고민한 그는 며칠

전 어머니가 꺼냈던 걸 기억하고는 주머니 하나를 집어 들었다.

그리고 밖으로 삐져나온 팔과 다리의 긁힌 상처들과 시퍼런 멍에 조심스레 뿌렸다.

"아악."

어머니는 작은 비명을 질렀지만, 술기운에 곧 다시 정신을 잃었다. 피월려는 어머니의 눈치를 봐가며, 그의 눈에 보이는 모든 상처 위에 약제를 뿌렸다.

어머니가 가끔씩 잠에서 깨어나며 소리를 지르는 통에 다시 잠에 들 때까지 기다리는 시간이 오래 걸렸고 그동안 피월려도 졸음을 참기 어려웠다. 하지만 인내심을 발휘하여 한 시진이 넘는 시간 동안 노력한 끝에, 기어코 모든 상처를 약제로 덮을 수 있었다.

이마에 송글송글 난 땀을 닦은 피월려는 약제 주머니를 다시 약상자에 넣었다. 그러곤 한숨을 푹 쉬고 어머니의 옆쪽으로 가 누웠다.

큰일을 해낸 자신이 뿌듯했고, 그 때문에 그는 편안한 마음으로 잠을 청할 수 있었다.

그런데 누군가 그의 옆구리를 찔렀다.

"뭐, 뭐야? 제갈미?"

제갈미는 행여나 피월려의 어머니가 깨어날까 입을 막곤 킥킥거렸다. 피월려는 눈살을 찌푸리며 말했다.

"나 졸려. 잘 거야."

"이미 꿈속인데 뭘 더 자."

"꿈속이라고? 여기가?"

"응. 그럼 꿈속이지. 여기가 현실이겠어? 한번 느껴보려고 해봐, 여기가 현실인지 꿈인지."

피월려는 입술까지 삐죽거리며 곁눈질로 사방을 둘러보았다.

익숙한 방 안이다. 그는 반쯤 일어나 허리를 펴고 숨을 들이켰다. 익숙한 냄새다. 그는 손을 뻗어 바닥을 쓸어보았다. 익숙한 느낌이다. 그는 귀를 쫑긋하고 소리에 집중했다. 익숙한 소음이다.

"흐음, 잘 모르겠는데."

제갈미는 피월려의 앞머리를 툭 하고 쳤다.

"멍청이."

피월려는 이마를 양손으로 감싸 쥐고 투덜거렸다.

"아얏. 뭐야? 왜 때려? 아니, 그보다. 아프잖아. 이걸 보면 꿈이 아니지."

"멍청이. 멍청이."

"왜 자꾸 멍청이래."

"으이구. 이게 현실 같다고?"

"응. 현실 같다니까 아무리 생각해도."

"현실이면 현실이지 현실 같은 건 또 뭐야?"

"……"

"몇 할이나 현실 같은데?"

"글쎄, 팔구 할?"

"그럼 일이 할 정도는 꿈 같은 거네?"

"그, 그렇지."

"멍청이."

"…왜에?"

"이게 진짜 현실이면 일이 할 정도라도 꿈 같은 기분이 들겠어?"

"어?"

"이게 현실로 느껴지는 게 아니라 현실 같다는 그 시점에서 이미 이건 꿈인 거야. 진짜 현실이라면 의심조차 안 할 테니까."

"……"

"의심하고 있다는 자체가 이게 꿈이라는 방증이라고."

"그, 그런가."

피월려는 자기 손을 내려다보았다. 익숙한 손이다. 매일 검을 잡고 수련한 까닭에 각 마디마디마다 바늘도 들어가지 않을 만큼 딱딱한 굳은살이 들어박혀 있었다.

"검… 검술. 내가 검을 배웠던가?"

"지금 네 나이가 몇이지?"

"여, 열한 살?"

"근데 검을 익혔어?"

피월려는 멍하니 허공을 보다가 곧 거만한 표정을 지어 보였다.

"어, 어. 익혔어. 익히기만 했게? 전설적인 심검의 경지까지 이르렀다고."

"보여줘 봐."

"응?"

"심검 보여달라고."

피월려는 머리를 긁적였다. 사실 어떻게 심검을 꺼내야 할지 막막했기 때문이다. 무엇보다 옆에 있는 어머니가 잠에서 깨면 안 된다는 생각이 앞섰다.

"여기선 말고. 다른 데로 가자."

"밖으로 나갈까?"

"아, 근데 어머니가 기방 밖으로 함부로 나가지 말라고 했는데……"

"그럼 기방 안에서 있으면 되지. 이 방에서만 나가면 되는 거 아니야?"

"……"

"뭣하면 변소로 가든가. 그건 되잖아?"

피월려의 표정이 매우 밝아졌다. 그는 제갈미의 머리를 쓰다듬어 준 뒤, 소리를 내지 않으려 발가락 하나하나까지 신경 쓰며 자리에서 일어났다. 그리고 까치발로 문까지 다가가 조심스레 열었다.

피월려는 막 나가기 직전, 혹시나 깨어났을까 어머니를 다시 돌아보았다. 그곳엔 예화가 무릎을 꿇고 앉아 그에게 손을 흔들고 있었다. 다만 그녀의 목 위로는 아무것도 없었고, 거기 있어야 할 그녀의 머리는 그녀의 품속에서 가지런히 미소 짓고 있었다.

그 머리가 말했다.

"이걸 가져가요. 명색이 무림인인데 무기가 있으셔야죠."

흔들던 손엔 어느새 은장도가 쥐어져 있었다. 그 모습을 보고 이상함을 느낀 피월려가 가만히 있자 보다 못한 제갈미가 그녀에게 다가가 은장도를 받았다. 그녀는 피월려의 어깨를 툭툭 치며 말했다.

"나가자."

혹설의 목소리다.

"으, 응."

어린 피월려는 제갈미를 따라 방 밖으로 나갔다.

방 밖의 복도는 전체적으로 어두웠다. 여러 줄기의 빛만이 겨우 스며들어 복도의 윤곽을 밝히고 있었다.

피월려가 고개를 들어 그 빛이 새어 들어오는 창문을 올려다보았다. 높은 곳에 위치한 그 창문은 일정 간격으로 떨어져 있었는데, 그 끝을 볼 수 없을 만큼 복도의 길이는 길었다.

"흰색이네."

"붉은색이 되기 전에 움직여야 해."

"어디로?"

"어디긴, 심검을 보여준다고 했잖아? 변소에 가서."

"아, 그랬지."

"가자고."

흑설의 목소리로 이야기하는 제갈미는 뭐가 그리 신났는지 방방 뜨는 걸음으로 먼저 앞서 나갔다. 피월려는 하는 수 없이 그녀의 뒤를 따라 움직이기 시작했는데, 자꾸만 엄습하는 이질감 때문에 자꾸만 뒤를 돌아보았다.

제갈미는 그런 그의 행동을 알아차리지 못하다가, 다섯 번쯤 되었을 때 눈치채곤 큰소리로 경고했다.

"뒤돌아보지 마!"

"응? 갑자기 왜 소리를 지르고 그래."

"뒤돌아보지 마. 그러면 점점 더 무서워진다고."

"무서워? 내가 지켜줄 테니까 걱정하지 마. 심검은 정말 뭐든지 베어버릴 수 있으니까."

"내가 무섭다는 게 아니라 너 말이야 너."

피월려는 영문을 모르겠다는 듯 자기를 손가락으로 가리키며 말했다.

"내가? 내가 왜 무서워?"

"공포는 무지에서 나오는 거야. 이질감을 느끼다 보면 공포로 바뀌는 건 정말 순식간이지."

"……."

"그냥 나를 따라와. 다른 곳을 보지도 말고 알았지?"

"응."

"무슨 소리가 들려도 보면 안 돼!"

"응."

"약속!"

"약속!"

제갈미는 만족했다는 듯 걸음을 다시 옮기기 시작했다. 다만 이번에는 피월려의 오른 소매를 꽉 쥐고는 억지로 그를 끌고 가기 시작했다. 피월려는 내키지 않았지만, 제갈미와 약속한 것도 있고 하니 그 손길을 뿌리치진 않았다.

월랑.

"응?"

피월려는 주변을 두리번거렸다. 아니, 두리번거리려 했으나 제갈미가 언제 눈치챘는지 바로 양손으로 피월려의 양 볼을 꽉 누르고는 그의 머리를 고정했다.

"바로 약속을 깨려고?"

"아, 아니야."

"약속 깨기 없기다!"

"으, 응."

"알았으면 어서 따라와."

피월려가 고개를 끄덕이자 제갈미가 그의 얼굴을 잡은 양손을 내렸다. 그녀는 다시 피월려의 오른 소매를 붙잡고는 앞장서서 걷기 시작했다.

월랑.

"……"

월랑.

"……"

월랑.

"아, 진짜!"

피월려는 고개를 돌려 뒤를 보았다.

그곳엔 입가에서 피를 흘리는 제갈미가 쓰러져 있었다.

그녀의 심장에는 은장도가 박혀 있었다.

그럼 앞서 걷는 건 누구인가?

엄습하는 공포에 피월려는 탁 하고 소매를 빼며 다시 돌아봤다.

그곳엔 진설린이 있었다.

천상의 선녀와도 비견될 아름다움을 지닌 진설린은 너무나 깊은 미소를 얼굴에 품었다. 다만 그 깊이가 현실을 넘어서는 수준까지 깊어지자 한순간에 그 아름다움이 괴기함으로 탈바꿈했다.

피월려는 공포에 질린 표정으로 뒷걸음질 쳤다.

"월랑. 어디 가요?"

그녀의 질문에 피월려는 즉시 뒤로 뛰었다. 그리고 쓰러져 있는 제갈미를 안아 들고 다시 뛰었다.

미칠 듯이, 죽을 듯이 뛰었다.

"뒤돌아, 쿨컥. 보지 말라, 커헉. 니까. 크흡."

피월려는 제갈미를 내려다보며 말했다.

"말하지 마."

"쿨컥."

그러다가 문득 앞쪽에 문 하나가 보였다. 그 문으로 다가간 피월려는 망설임도 없이 뛰었고, 문이 산산조각이 남과 동시에 피월려와 제갈미가 그 안으로 들어갔다.

덜컹. 덜컹. 덜컹.

이리저리 흔들리는 방에서 피월려는 우선 제갈미를 눕혔다. 그리고 옆에 있는 창문으로 고개를 내밀었다. 쏜살같이 지나가는 배경에는 관심이 없었다. 그는 앞쪽에서 말을 몰고 있는 혈적현에게 큰 소리로 말했다.

"더. 더 빨리 말을 몰아봐!"

혈적현은 의수 쪽을 왼손으로 툭툭 가리키며 말했다.

"이게 말로 보이나?"

피월려가 더 고개를 내밀고 앞을 보니, 혈적현이 몰고 있는
건 말이 아니었다.

두 쌍의 무영비였다.

"그럼 더 빨리 무영비를 몰아."

혈적현은 기가 막힌다는 듯 코웃음을 쳤다.

"참 나, 아까는 지 두피 위에서 소환하더니 지금은 마부 노
릇이나 하라고 하다니. 내가 현실에서 이 꿈을 기억할지 모르
겠지만 기억한다면 넌 알쫠없을 줄 알아."

"아, 알았으니까, 빨리!"

혈적현은 의수를 한번 들었다가 내려쳤다. 그러자 그 의수
에서부터 뻗어진 네 개의 파동이 네 줄의 무영사를 타고 무영
비까지 도달했고, 무영비는 더욱 가속하며 바람보다 빠르게
움직이기 시작했다.

파아앙—!

음속을 넘은 네 개의 무영비에서 파공음이 생성되어 고막
을 찔렀다. 양손으로 귀를 막은 피월려가 고개를 돌려 뒤를
보니, 그곳에선 온몸에 진득한 흑무를 뿜어내는 진설린이 엄

청난 속도로 쫓아오고 있었다. 그녀의 얼굴을 제외한 몸은 낙양혹검의 그것이었고, 오른손엔 역화검을 들고 있었다.

마차는 빨랐지만, 진설린이 조금 더 빨랐다. 때문에 둘의 상대적인 거리는 느리지만 확실히 줄어들고 있었다. 무영비가 바람의 저항을 뚫어내니, 뒤에서 쫓아오는 진설린에겐 상대적으로 바람의 저항이 적었던 탓이다.

피월려는 안으로 다시 들어와 바닥에 누운 제갈미를 살폈다.

제갈미가 힘겹게 말했다.

"시, 심검이 쿨컥. 있어야 해."

"어디 있는데, 심검."

제갈미는 말없이 손가락으로 하늘을 가리켰다. 피월려가 그 손가락을 따라 위를 쳐다보았는데, 마차의 천장은 온데간데없었고 뻥 뚫린 하늘만이 보였다.

그리고 그 하늘에는 거대한 청룡이 이리저리 헤매듯 몸부림 치고 있었다. 두 눈이 있어야 할 자리엔 아무것도 없이 피를 질질 흘리고 있었고, 마침 그 핏물이 피월려가 있는 그 땅위로 쏟아졌다.

쏴아아아.

피로 된 비가 쏟아지자 피월려는 더 눈을 뜨기 어려웠다. 손으로 눈을 가리고 겨우 눈초리를 모으자 그 청룡의 머리맡에 무언가 황금색의 불상 같은 것이 보였다. 정확히 말하면 그 불상은 청룡 머리 위에 가부좌를 틀고 앉아 있었다.

쿠— 쾅!

마차가 크게 울렁이자 피월려는 중심을 잡지 못하고 넘어졌다. 마차의 뒤를 역화검으로 크게 훑어버려 뻥 뚫리게 만든 진설린이 괴기한 미소를 짓고 있었다. 다행인 건, 그 검강을 뿌린 탓에 다시 거리가 멀어졌다는 점이다.

핏물이 소나기처럼 쏟아지는 가운데 피월려는 다시 눈을 비비곤 하늘을 올려다보았다. 그러자 전에 보이지 않던 것이 보였다.

바로 그 불상이 양손으로 쥐고 있는 심검이었다. 심검은 역방향으로 청룡의 머리에 박혀 있었는데, 불상은 마치 그 심검을 조타기(操舵機) 삼아 청룡을 선박처럼 조종하고 있었다.

피월려가 혈적현에게 소리쳤다.

"저기, 저 용으로 가야 해."

"용? 무슨 용?"

혈적현은 피월려의 손가락을 따라 시선을 옮겼지만, 아무것도 발견할 수 없었다. 피가 비처럼 쏟아지는 하늘을 몇 번이고 억지로 바라보던 혈적현이 이내 물었다.

"뭐가 있다는 거냐?"

"용! 청룡!"

"청룡?"

"네 눈에 안 보이나?"

그때, 갑자기 혈적현의 눈이 보름달만큼 커졌다. 피월려의 말이 끝나기 무섭게 거대한 청룡이 하늘에서 유영(遊泳)하고 있었기 때문이다. 눈에 보이는 모든 구름에 한 번씩은 몸이 지나가고 있었고, 그로 인해 가려지는 몸을 제외하더라도 하늘의 반을 차지하고 있었다. 장님이 아니고서야 못 볼 수 없었다.

"이제 보이는군."

"……."

"저 청룡에 가야 한다라… 무영비를 던져서 도달할 수 있는 높이가 아니야."

혈적현의 말에 피월려의 뇌리에 스치는 것이 있었다.

"유리 계단을 찾아볼까?"

"유리 계단이라니?"

"전에는 유리 계단이 있었다. 그걸 통해서 하늘에 있는 황금문에 도달했었지."

"무슨 뚱딴지같은 소리냐."

피월려는 슬쩍 뒤를 보았다. 진설린은 어느새 그의 마차를 다 따라잡아, 곧 역화검을 휘두를 기세였다.

피월려가 혈적현에게 다급하게 말했다.

"말로 설명하긴 어려워. 일단 올라갈 방도가 분명 있을 거다. 그 전에 따라잡히면 안 돼."

혈적현은 피월려가 말하는 바를 알고 고개를 한 번 저었다.

"속도는 최대다. 이보다 더 빨리 달릴 수는 없어."

"무슨 방도가 없을까?"

툭.

피월려는 뒤에서 누군가 그의 어깨를 치는 탓에 깜짝 놀라며 뒤를 돌아보았다. 그곳엔 창백한 얼굴로 가슴과 입에서 선혈을 흘리고 있는 제갈미가 있었다.

"있다."

목소리는 제갈극의 그것이었다.

피월려가 떨리는 목소리로 물었다.

"제, 제갈극? 제, 제갈미는 어디 있소?"

"원래부터 본좌였다. 다만 본좌의 의식이 이곳으로 오기까진 네 의식 속에 미 누님이 투영된 것일 뿐. 상태가 말이 아니구나."

"……"

"노부의 심장에 박힌 검. 이 은장도는 네게 무슨 의미가 있는 검이냐?"

피월려는 순간 대답할 수 없었다. 그러다가 곧 뒤에서 괴기하게 씽긋 웃는 진설린이 눈에 들어오자 어깨를 파르르 떨며 대답했다.

"그, 그냥. 어머니와도 같았던 여인의 유품이오."

"현실에서 이 은장도를 소유하고 있느냐?"

"가지고 있지 않소."

"그럼 어렵지 않겠군."

"……."

제갈극은 한 손으로 심장에 박힌 은장도를 잡고는 너무나도 손쉽게 뽑아버렸다. 그러자 구멍이 뚫려 버린 심장에서 피가 치솟았는데, 제갈극의 표정은 오히려 평온했다.

"네가 유리 계단을 기억한 순간, 하늘로 올라갈 방도는 그것과 비슷하게 이뤄질 것이다. 그것을 찾아보거라."

그는 몸을 돌려 가슴에서 뿜어지는 핏물을 진설린의 얼굴로 향했다. 하늘에서 뿌려지는 청룡의 피와 함께 완전히 시야가 가려지자 진설린은 괴로운 듯 손을 들어 얼굴을 자꾸만 쓸어내렸다.

하지만 그럼에도 계속 눈으로 핏물이 들어오자 정신을 차리지 못했고 그 결과 그녀의 속도가 느려지기 시작했다.

"……."

"……."

결국 제갈극의 가슴에서 뿜어지던 핏물이 닿지 못하는 거리까지 벌어졌다. 이제 좀 정신을 차린 진설린은 다시 속도를 내서 마차에 가까워졌고, 그때마다 제갈극은 그녀의 얼굴을 향해 가슴을 내밀어서, 핏물을 그녀의 눈에 쏘았다.

"뭘 멍하니 보고만 있느냐?"

"……"

"……"

"서둘러 방법을 찾아라. 저것은 내가 상대하고 있을 테니."

피월려와 혈적현은 고개를 돌렸다. 그 와중에 서로의 눈이 마주치자 그들은 하나처럼 고개를 살짝 끄덕였다. 그 이상하고 괴상한 장면에 대해서 일절 말하지 않기로.

혈적현이 말했다.

"유리 계단이라고 한 것을 보면 투명한 것이겠지?"

"빛이 반사되는 것으로 겨우 보였던 것 같다."

"흐음… 그럼 저게 맞을지도 모르겠군."

"뭐가?"

"저쪽에 보이나?"

혈적현은 앞쪽에서 비스듬히 손을 뻗었다. 피월려도 그것을 보았으나, 처음에는 아무것도 보이지 않았다. 하지만 점차 시간이 지남에 따라 묘하게 꺾인 각도로 흐르는 핏물이 보였다. 마치 투명한 바닥에 가로막혀 그 위로 흐르고 있는 것 같았다.

"투명한 비탈길?"

"네 눈에도 보이는 걸 보니, 확실하군."

"유리로 된 비탈길인가? 그것도 대강 형태를 보니 뱅글뱅글 돌면서 올라가는데?"

"청룡에 도달하고 싶다는 네 염원이 만든 것이다. 마차를 타고 있으니, 계단 형태가 아닌 비탈길의 형태로 만들어진 것일 테고."

"……"

"하늘로 쭉 이어지는 듯한데, 어디까지인진 자세히 보이지 않아. 청룡에 도달할 수 있다면 좋을 텐데."

"다른 수가 없지 않나?"

"없지."

"가자."

혈적현은 고개를 끄덕이곤 의수를 두어 번 크게 움직였다. 그러자 두 쌍의 무영비가 기이한 회전을 하며 방향을 틀었고 그 때문에 마차도 그 움직임을 따라 크게 뒤틀려졌다.

"으앗!"

그것을 알고 있지 못했던 제갈극의 몸이 붕 떠올라 마차 밖으로 튕겨 나갔다. 피월려는 한 손으로 마차의 끝을 잡고, 자기 몸을 던졌다. 그리고 제갈극의 뒷목을 겨우 붙잡고는 온 힘을 다해 버텼다.

마차가 회전에서 다시 직선으로 움직이자 피월려는 제갈극을 먼저 마차 안으로 던졌다. 그리고 그 또한 안으로 들어오려는 찰나, 그의 다리를 붙잡는 것이 있었다.

"잡. 았. 다."

오른쪽으로 씰그러지며 웃는 진설린의 얼굴은 너무나도 괴괴망측했다. 끝없이 깊어진 입꼬리와 눈꼬리가 만나 큰 원을 그리는 것도 모자라서 서로가 서로를 교차하면서도 더욱 안으로 말려 들어갔다.

공포를 느낀 피월려는 아등바등하며 그 손길에서 벗어나려 했지만, 그 우악스러운 힘에서 벗어날 수 없었다.

콰직!

피월려가 잡고 있던 마차의 끝이 조각나면서 피월려는 마차에서 손을 놓게 되었다. 그러자 피월려의 다리를 붙잡은 진설린의 팔에서 여덟 개나 되는 작은 팔들이 튀어나와 그의 몸을 붙잡기 시작했다. 마치 나무줄기에 붙은 나뭇가지들 같은 모양이었다.

제갈극은 심장에서 뽑았던 은장도를 피월려에게 던져주며 외쳤다.

"잡아!"

피월려는 본능적으로 날아오는 은장도를 집어 들었다. 그러곤 그 은장도를 역으로 잡아 그의 하체와 허리까지 잡고 있던 여덟 개의 팔을 보이는 대로 찌르고 베었다. 그때마다 상처에서 진득한 검은 연기가 피어올랐지만, 피월려는 개의치 않고 계속해서 진설린의 팔을 난도질했다.

"끼아악!"

진설린은 입을 벌리고 비명을 질렀다. 그 와중에 피월려가 또 찌르면, 그녀의 얼굴에 다른 부분이 입처럼 변하여 그곳에서 또 다른 비명을 질러댔다.

그녀의 팔에 상처가 많아지면 많아질수록 그만큼 그녀의 얼굴에는 입이 많아졌고, 그 입이 얼굴에 가득해져 더 입이 만들어질 수 없자 입술과 치아 위에 입이 만들어졌다.

그리고 그 수많은 입들이 질러대는 비명은 피월려와 제갈극, 혈적현의 정신을 뒤흔들어 놓았다.

혈적현은 한쌍의 무영비를 뒤로 돌렸다.

푹! 푸욱!

진설린의 원래 입속으로 파고들어 가자 겹겹이 쌓인 비명이 일제히 사라졌다. 곧 그 입속에서 화염이 뿜어졌다.

콰콰쾅!

폭발하며 터진 진설린의 얼굴은 사방으로 뇌수와 살점을 뿌렸다. 화염은 곧 혈우(血雨)에 먹혀 잦아들었다.

그와 동시에 피월려를 붙잡고 있던 팔에서 힘이 사라졌고, 피월려는 땅으로 추락했다. 제갈극은 즉시 학으로 변하여 그대로 마차에서 날아올라, 피월려의 등을 낚아챘다. 혈우에 젖은 날개를 겨우 펄럭이면서 마차로 다시 돌아와, 그를 바닥에 올려놓았다. 핏물로 인해 미끄러워진 바다 때문에 그들은 몇 번이고 뒤뚱거렸다.

"허억. 허억. 허억."

어린 피월려는 숨을 격하게 들이켜며 눈물을 흘렸다. 진설린의 그 공포스러운 모습이 눈앞에 아른거려 온몸을 사시나무처럼 떨었다. 그런 그에게 다가온 제갈극은 그의 몸을 억지로 일으켜 세우며 말했다.

"어린 몸에 젖어들지 마라. 깨어나! 일어나라고!"

피월려는 그 소리에 깜짝 놀라며 눈을 동그랗게 떴다. 그러다가 이내 그 눈빛이 점차 낮게 잦아들었고, 곧 냉정함을 되찾았다. 그와 함께 그의 몸도 점차 커져, 젊은 날의 그가 되었다.

덜컹!

마차가 크게 흔들리자 제갈극과 피월려가 자기들도 모르게 서로를 붙잡았다. 마차가 투명한 비탈길에 올라선 것이다.

혈적현이 뒤를 돌아보며 말했다.

"난 이제 운전에 집중해야 해. 더 도와줄 수 없다. 뒤에 쫓아오는 건 알아서 막아."

"무슨 소리야? 폭발로 죽은 게 아니… 군."

제갈극과 피월려가 돌아보자 뒤쪽에서 검은 형체의 무언가가 꿈틀거리며 그들을 쫓아오고 있었다.

더 이상 진설린의 모습은 눈을 씻고 봐도 찾아볼 수 없었다. 그것은 액체도 고체도 아닌 그저 검은 것이었다. 공기 중에 닿으면 점차 굳어지면서 형태를 만들었는데, 곧 그 속에 있던 액체가 자기가 만든 그 껍질에서 삐져나오면서 앞쪽으로 뿜어졌고, 그렇게 뿜어진 액체는 다시 공기 중에 닿아 고체가 되면서 또 다른 형태를 만들었다. 그리고 그것이 반복하며 운동하고 있었다.

굳어지고 뿜어지는 것을 반복하는 그 움직임은 도저히 현실에서 찾아볼 수 없는 종류의 것이었다.

다만 그것이 살아 있는 것이라는 생각이 드는 이유는 그렇게 생성과 파괴를 반복하는 형태 속에서 간간이 눈에 보이는 두 개의 붉은 눈이 항상 피월려를 향하고 있었기 때문이다. 그 눈은 확실히 생명체의 그것이었다.

피월려가 말했다.

"저걸 어떻게 상대하라는 거지?"

"본좌도 모르겠다."

그때 마침 그 검은 것이 유리 비탈길에 들어섰다. 그러자 유리가 산산조각이 나며 깨어졌고, 그 검은 것의 표면이 그 조각에 이리저리 베였다. 그러자 그 상처를 통해 검은 것이 쭉쭉 뿜어지며 마차로 날아왔다.

치이익. 치익. 치이익.

마차에 묻은 그 검은 산성액(酸性液)은 마차를 녹이며 검은 연기를 내뿜었다. 그리고 그 연기 속에서 매끈한 진설린의 팔이 슬그머니 나오기 시작했다. 이때만큼은 장성한 피월려도 등골에 소름이 돋았다.

"은장도!"

제갈극의 외침에 피월려는 은장도로 그 팔들을 하나둘씩 찔렀다. 그러자 땅에 있던 검은 것이 비명을 질렀다. 그렇게 하늘로 올라가는 동안 계속해서 팔을 찌르고 베며 쉴 틈 없이 은장도를 놀렸다.

얼마나 지났을까? 마차가 구름 위까지 올라가자 피로 된 비가 그쳤고, 그들은 맑은 하늘을 볼 수 있었다. 그와 동시에 검은 것들이 햇빛을 받는 즉시 증발해 버렸다.

덜컹.

유리 비탈길에서 청룡의 몸 위로 올라간 마차는 순조롭게 청룡의 머리를 향해 달리기 시작했고, 피월려와 제갈극은 안도의 한숨을 쉬며 반타작이 난 마차 바닥에 앉았다. 전신에 핏물이 가득한 그들은 마치 피에 절인 음식 같았다.

"하아. 어쩌다가 이 지경이 된 것이오?"

피월려의 질문에 제갈극이 이마에 난 땀을 훔치며 대답했다.

"뒷머리에 박힌 두 발톱 중 하나를 뽑다가 네가 3층으로 떨어지게 된 것 같다."

"······."

"어떻게 이곳에 오게 되었는지 기억하느냐?"

"모르겠소. 내가 기억하는 건 갑자기 그 기방에서부터 시작했다는 것이오."

제갈극은 턱으로 손을 가져갔다.

"역시 그렇군. 뒷머리에 박힌 발톱 중 첫 번째를 뽑는 기억이 소실되었을 거야. 그곳은 기억을 담당하는 뇌보다 더 원초적인 뇌니까."

피월려가 물었다.

"그럼 아직 마지막 발톱이 남은 것이오?"

"남았지. 하지만 그건 기씨 가문의 비문을 다 이해한 나도 뽑을 수 없는 것이다. 그래서 널 여기서 끄집어내기보단 내가 들어온 것이고."

"······."

"저기 불상이 집고 있는 심검이 보이느냐? 청룡의 머리에 박은 것 말이다."

그들은 안 그래도 지금 그쪽으로 가고 있었다.

피월려가 말했다.

"보이오."

"저건 네가 스스로 뽑아야 한다. 내가 어떻게 할 수 있는 것이 아니야. 가장 치명적인 것이다."

피월려는 고개를 갸웃했다.

"저 심검은 나를 옥죄는 것이 아니라, 도리어 청룡의 머리에 박혀 있는 것 아니오? 어떻게 저게 나를 옥죄고 있는 청룡의 마지막 발톱이란 말이오?"

"저 발톱만큼은 네가 주도권을 가져가 이겨 버린 것이니까. 그래서 내가 뽑을 수 없는 것이다."

"……."

"저건 네가 심검을 깨달으면서 금강부동심법으로 용안심공을 이겨낸 결과물이다. 그렇기에 도리어 청룡을 찌르고 있지. 하지만 그것 또한 청룡과의 연결점. 저걸 뽑아내지 않는 한 청룡이 완전히 네 머릿속에서 떠나지 않을 거야."

"혹……."

피월려의 뒷말을 눈치챈 제갈극이 말했다.

"맞다. 심검을 잃어버릴 수도 있어."

"……."

"가서 어떻게 할지는 네 자유다. 다만 나는 네가 한 부탁을 들어줬고 저걸 뽑지 않는 건 네 선택이므로 이후 용안심공을 완전히 지우지 못했다고 내게 이러쿵저러쿵하지 마라."

"……."

피월려는 잠시 동안 침묵으로 일관했다.

그렇게 길고 긴 청룡의 몸을 타고 그들은 그 머리 위까지 도착했다. 가까이서 보니, 불상은 피월려의 모습을 그대로 닮아 있었다.

무영비를 거둬들인 혈적현이 말했다.

"잘 도착했군. 이제 내 눈에 이곳에서 나가는 문이 보인다."

그는 한쪽 허공을 바라보고 있었다. 아마 피월려가 전에 보았던 황금문이 그에게 보이고 있는 듯했다.

피월려가 말했다.

"작별이군. 더 이야기를 하고 싶은데."

"해봤자 서로 기억도 못 할 거다."

"그렇겠지."

"나중에 보자."

"하하하, 그래."

혈적현은 피월려의 어깨를 한 번 툭 치고는 허공으로 걸어갔다. 그는 그만의 투명 계단을 밟고 올라선 뒤 그만의 황금문을 통해서 사라졌다.

제갈극이 불상을 올려다보며 말했다.

"불상에 다가가서 손을 대봐. 그러면 넌 불상이 될 것이다. 그 뒤엔 네가 알아서 해."

피월려는 제갈극의 말대로 불상에 다가가 손을 대었다. 그러자 순식간에 그곳으로 의식이 빨려 들어가 실제로 그가 불상이 되었다.

그의 손에 쥐어진 심검은 너무나도 아름다웠다.

불상이 제갈극을 뒤돌아보았다.

제갈극이 말했다.

"뽑으면 끝난다. 간단해."

불상은 잠시 말없이 심검을 내려다보았다.

그리고 심검을 쥔 손에 힘을 주곤 누르기 시작했다.

그렇게 심검이 청룡의 머리를 뚫어버렸다.

제일백십이장(第一百十二章)

제갈극과 피월려가 동시에 눈을 떴다.

곧 오감을 통해 물밀듯 현실감이 몰려왔다. 눈 안이 아리는 시각, 고막을 쾅쾅 울리는 청각, 코를 찌르는 후각, 불쾌한 맛이 있는 텁텁한 미각, 그리고 옷깃과 털 하나하나가 스치는 것까지 느껴지는 촉각.

"후우… 후우……."

"하아. 하아."

그들은 한동안 정신을 차릴 수 없어 겨우겨우 호흡만을 유지했다.

마치 오랜 시간 동안 배를 타고 대양(大洋)을 항해하다가 육지에 돌아온 뱃사람과도 같았다.

굳건한 땅 위에서 느껴지는 멀미에 고생하며, 사방에서 느껴지는 지독한 흙냄새에 코를 막는 것처럼, 그들은 너무나 예민한 감각들을 죽이기 위해서 안간힘을 썼다.

현실에 젖어 있는 사람은 절대 느끼지 못할 그 생생함은 하나의 고통으로 다가와 그들의 혼을 쏙 빼놓았다.

피월려는 자신이 얼마나 오랜 시간 동안 이계에 있었는지 알지 못했지만, 그곳의 옅은 현실감에 완전히 적응할 정도로 있었다는 걸 깨달았다.

그렇지 않다면 현실이 주는 이 거대한 현실감이 설명이 되질 않았다. 어렴풋이 기억나는 것으론 대략 3층까진 내려갔던 것 같으니, 이대로 몇 날 며칠이 지났다고 해도 이상할 것이 없었다.

피월려가 머리를 부여잡고 있는 사이에, 제갈극이 겨우 품에 있던 무현금을 연주했다. 그리고 그가 천천히 무현금을 연주하며 어떤 술법을 읊기 시작했다. 그러자 서서히 현실감이 옅어지며, 과부하된 예민함이 수그러들기 시작했다.

그렇게 감각이 원래대로 돌아오자 제갈극이 연주를 멈췄고 피월려는 한숨을 내쉬며 말했다.

"고맙소."

제갈극이 관자놀이를 짚으며 말했다.

"3층까지 내려갔다 한 번에 올라왔으니… 반동이 너무 심했다. 내 술법이 아니었으면 둘 다 광인이 되었을 것이다. 덕분에 기억이 잘 나지 않아. 본좌는 모태에서 세상에 나온 순간까지 기억하는데 말이야. 혹 넌 3층에서 있었던 일 중 기억나는 것이 있느냐?"

피월려는 눈을 껌벅이며 기억하려 했지만 순간순간의 장면만 기억날 뿐, 전체적인 흐름은 도통 떠오르지 않았다.

"잘 모르겠소. 제갈극 어르신도 기억이 나질 않소?"

제갈극이 고개를 흔들었다.

"3층에서 단번에 올라왔다는 건 마치 꿈속의 꿈속의 꿈속에서 깨어났다고 봐야 하느니라. 한 번 꿈에서 깨어날 때 소실되는 기억의 비율을 생각하면, 그 소실 과정을 3번이나 반복한 뒤에 남는 건 무(無)라고 봐도 무방하지. 그나마 기억하는 건 2층에서의 기억뿐이다. 사실 거기서 3층으로 가려 했던 것이 기억나기에 3층까지 갔다는 것을 아는 것이다."

"……."

"그래서 용안심공은 어떠하냐? 내가 보기엔 완전히 사라진 것 같은데."

피월려는 머릿속에 가득한 기억들과 그리고 그것과 함께 느껴지는 청량함에 확신을 얻었다.

"완전히 사라졌소."

"역시 그렇군."

제갈극은 그렇게 말하며 양손을 들어 자기 두 눈을 비볐다. 그걸 본 피월려가 물었다.

"혹, 영안을 얻은 것이오?"

제갈극은 비비던 양손을 멈췄다. 그러곤 뜸을 들이다가 말했다.

"그런 것 같다. 전에는 보이지 않던 것이 보여, 머리가 아프군."

"……."

"그런데 내가 영안을 가지게 됐다는 건 어떻게 알았느냐?"

"그야 본인의 새로운 시야가 놀랍다는 듯 눈을 비비고 계시지 않소?"

제갈극의 눈썹이 움찔했다.

"내가 눈을 비비고 있다는 건 어떻게 봤고?"

"……."

"잠깐 가까이 와봐."

피월려는 얼떨결에 제갈극에게 가까이 갔다. 그의 두 눈 속은 전과 다를 것 없이 횅했다.

제갈극은 손가락 세 개를 뻗더니 말했다.

"손가락 몇 개지?"

피월려는 순간 대답하지 못했다. 손가락이 보이지 않기 때문이 아니라 오히려 보이는 것처럼 느껴졌기 때문이다. 그 기묘한 이질감이 의심스러웠던 피월려는 조심스레 대답했다.

"세 개… 아니오?"

"맞다. 지금은?"

제갈극이 손가락 숫자를 바꾸자 역시 그것도 느껴졌다.

피월려가 나지막하게 대답했다.

"두 개."

제갈극은 턱을 매만졌다.

"눈이 없어도 보이는 것인가?"

"보이지는 않소."

"그럼?"

"그냥 느껴지오."

"그냥 느껴진다?"

"……."

"눈을 감아봐라."

피월려는 시키는 대로 눈을 감았고, 그 앞에 제갈극이 손가락 한 개를 뻗어 보였다.

"지금은?"

피월려는 눈초리를 모았다. 하지만 전과 다르게 아무것도 느껴지지 않았다.

"모르겠소."

"모르겠다? 아까와는 다르게 느껴지지 않느냐?"

"느껴지지 않소."

"눈을 떠보고 말해보거라."

피월려는 눈을 떴고, 그러자 즉시 알 수 있었다.

"한 개로군."

제갈극은 묘한 눈길로 피월려를 내려다보다가 이내 자기의 뒷머리를 가리키며 말했다.

"용의 발톱이 박혀 있던 마지막 부분… 그 부근의 뇌는 사람의 시야를 담당한다. 말하자면, 내우주의 입구라 할 수 있지. 그곳에 박힌 용안심공의 마지막 찌꺼기는 3층에 도달하지 않고는 뽑을 수 없을 정도로 깊숙이 박힌 것이었어. 다시 말하면, 그것을 제거한 이후 네 시야는 크게 바뀌었을 것이다. 혹, 전에도 눈알 없이 세상을 볼 수 있었느냐?"

피월려는 잠시 고민하다가 대답했다.

"부분적으로는 그랬던 것 같소. 내가 눈이 보이는 것처럼 행동했던 적이 몇 번 있다고 다른 사람들이 말해주었소. 아마 무의식적으로 그랬나 보오."

"그럼 이젠 용안심공이 완전히 사라짐으로써 그 능력을 완전히 발휘하게 된 것이로군. 네가 익힌 심공이 소림파의 금강부동심법이라 들었는데 맞느냐?"

"그렇소."

제갈극은 눈을 반쯤 감으며 중얼거렸다.

"내 듣기론, 금강부동심법은 오통(五通)을 이루기 위한 기본 심공이라 했다. 여기서 말하는 오통은 첫째, 신족통(神足通). 마음대로 갈 수 있고 변할 수 있는 능력. 둘째, 천안통(天眼通). 모든 것을 막힘없이 꿰뚫어 환히 볼 수 있는 능력. 셋째, 천이통(天耳通). 모든 소리를 마음대로 들을 수 있는 능력. 넷째, 타심통(他心通). 남의 마음속을 아는 능력. 다섯째, 숙명통(宿命通). 나와 남의 전생을 아는 능력. 이렇게지."

피월려가 말했다.

"마지막 누진통(漏盡通)이 있소. 모든 번뇌를 끊을 수 있는 능력이오."

"그건 불가에서 말하는 입신이로군. 그건 완성을 뜻하는 것이니, 제외해야지."

피월려는 제갈극이 말하고자 하는 바를 깨닫고 물었다.

"내가 천안통을 얻었다고 말하고 싶은 것이오?"

"눈알 없이 시야를 느끼는 건 천안통이 아니고서야 무엇으로 설명이 되겠느냐?"

"……."

"다른 오통 중 무엇무엇을 얻었지?"

"금강부동심법은 기본이 되는 심공이오. 그것을 기본으로 하여 익히는 신법인 금강부동신법은 첫 오통인 신족통을 이루기 위한 것이지. 때문에 신족통도 있다 할 수 있소. 그리고 타심통도 마찬가지. 천살성들이 인정한 만큼, 그것도 있다고 할 수 있지. 천이통과 숙명통은 잘 모르겠소."

제갈극이 말했다.

"흐음. 그 능력에는 제한이 없는 걸로 알고 있다. 거리나 시간 등의 제약이. 다시 말하면 신족통으로는 어디든 갈 수 있고, 타심통으로는 모든 사람의 마음을 한 번에 엿볼 수 있다는 거지."

피월려는 금강부동심법의 구결을 떠올리며 제갈극에게 설명해 주었다.

"그건 수련하면 수련할수록 계속해서 경지가 오른다는 뜻이오. 즉 어느 일정 부분에서 막히는 벽이 없이 영원히 성장할 수 있다는 것이지, 기적처럼 한 번에 그런 능력을 얻을 순 없소."

"흐음."

"금강부동심법에서는 이 심법의 제약이 있다고 한다면 오로지 인간의 수명과 게으름뿐이라고 말하고 있소."

"무슨 뜻인지 알겠다. 정공 중의 정공인 만큼 빠른 성장을 기대할 순 없으나, 동시에 어떤 수준에서도 막힘이 없다는 것이로군."

"그렇소."

"그럼 용안심공의 영향에서 완전히 벗어났으니, 그로 인해 금강부동심법이 온전히 마음을 다스리게 되었고, 그에 따라서 천안통도 온전히 펼칠 수 있게 된 것이라 보면 되겠다. 단지 내력이 없기에, 육안으로 보는 것 이상으론 볼 수 없는 것이겠고."

피월려도 제갈극의 말에 동의했다.

"나도 그렇게 생각하오."

"우습군. 마인이 마공에 가장 치명적이라 할 수 있는 금강부동심법을 익히고 있다니. 그래선 어떤 마공도……."

피월려가 제갈극의 말을 잘랐다.

"익히지 못하오. 티끌만 한 마기라도 생성할 수 없지."

제갈극은 재밌다는 듯 입꼬리를 살짝 올리며 피월려에게 물었다.

"그래. 그렇지. 한데 그리 마음이 평안한 이유는 무엇이냐? 금강부동심법을 익히고 있는 한, 마공으로 내력을 모을 수 없다. 하지만 내력 없이는 금강부동심법 또한 온전히 펼칠 수 없지. 오통이 말하는 대로, 이 세상의 어느 곳이든 도달하고 이 세상의 모든 소리를 듣는 수준의 능력을 갖추기 위해선 내력이 반드시 필요하지. 아니, 내력 없이는 웬만한 무림인의 감각조차 따라가지 못해. 하지만 네 몸은 역혈지체. 마공이 아니고서야 내력을 만들 수도 없어."

피월려도 제갈극을 따라 웃었다.

"그렇소. 모순이지."

제갈극이 물었다.

"그럼 그 평온한 마음은 그저 금강부동심법에서 기인한 것 뿐이냐?"

"......"

"아니면 다른 생각이 있느냐?"

제갈극의 질문에는 순수한 호기심이 담겨 있었다.

피월려가 입을 열었다.

"어찌 보면 해결책은 간단하오."

"간단?"

"내가 스스로 마기를 생성할 수 없다면, 외부에서 가져오면 되는 것이오."

"......"

"간단하지 않소?"

"마기라는 것은 인간의 광기를 정제한 것. 인위적인 것이 아니라면 마기가 될 수 없다. 한데 어떻게 외부에서 가져올 수 있다는 말이냐?"

"그것의 정답은 한번 스스로 맞춰보시오."

제갈극은 두 눈을 날카롭게 뜨며 말했다.

"설마 옛 방법을 동원할 생각은 아니겠지?"

옛 방법이란 과거 마인들이 마공을 수련하기 위해서 썼던 방법으로, 자신이 만드는 마기도 모자라서 타인들의 광기를 이용하는 것을 뜻한다. 즉, 수십, 수백의 사람을 죽이거나 고통을 주면서 그로 인해 발생하는 마기를 흡수하는 것이다.

피월려는 고개를 저었다.

"금강부동심법을 익힌 채 그런 방법을 쓰면 정신이 완전히 파괴될 것이오. 이미 나는 금강부동심법으로 인해서 살인은 커녕 웬만한 살생도 불가능하오. 오로지 백호를 통해서만 가능하지."

"……."

"어차피 배 안에선 심심할 터니, 오랫동안 답을 생각해 보시오. 하하하."

피월려는 크게 웃었고, 제갈극은 팔짱을 끼며 눈썹을 찌푸렸다.

그때, 누군가 방문을 열고 들어왔다.

"깨어나셨군요?"

피월려는 고개를 돌렸고, 느껴지는 시야를 믿을 수 없어 몇 번이고 눈을 깜박였다.

"주, 주 형?"

주소군은 방긋 웃어 보였다.

제갈극이 말했다.

"누구지?"

피월려가 대답했다.

"주소군이라 하오. 천마오가 중 암령가 사람이지. 낙양지부에서 만난 내 친우이오."

주소군은 손가락 하나를 흔들어 보이며 말했다.

"흐음. 친우라고 하긴 조금 민망하죠."

"······."

"동료쯤으로 생각하면 될 거 같아요. 같이 마의 길을 걷고 있는 동료."

피월려는 순간 당황했지만, 곧 그것이 주소군식 장난이란 걸 깨달았다.

피월려가 곧 대답했다.

"뭐, 그렇게만 말한다면야 다행이오. 한데 이 보선엔 어쩐 일이오, 나 선배가 불렀소?"

주소군은 영문을 모르겠다는 듯 고개를 갸웃거리더니 말했다.

"내가 이곳에 온 게 아니죠. 피 형이 오셨잖아요."

"그게 무슨 뜻이오?"

주소군은 바닥을 툭툭 가리키며 말했다.

"여기 저희 집인데요?"

피월려와 제갈극은 서로를 보더니 다시 주소군에게 고개를 돌렸다.

피월려가 물었다.

"여기가 암령가란 말이오?"

주소군이 고개를 끄덕이자 이번엔 제갈극이 물었다.

"시일이… 아니, 절기가 어떻게 되느냐?"

주소군이 태연하게 대답했다.

"대설(大雪)까지 육 일 남았죠."

"……."

"……."

그 말은 즉, 그들이 적어도 보름은 이계에 있었다는 말이다.

주소군이 몸을 돌리며 말했다.

"나오세요, 일단. 제가 안내해 드리죠."

그렇게 주소군이 밖으로 나가자 제갈극이 한마디 했다.

"기억은 잘 나지 않지만, 한 가지 확실한 건 본좌가 아주 개고생을 했다는 것이로군. 보름이나 지났다니."

"……."

그들은 곧 주소군을 따라 일어났다.

*　　　　*　　　　*

암령가(暗令家).

마단의 발명으로 천마신교를 세운 천마 시조의 다섯 제자 중, 암공(暗功)을 본신내력으로 삼았던 제자 주흑의 가문이다. 그의 별호였던 암령마군(暗令魔軍)의 앞 글자를 본떠, 그의 가문을 암령가라 칭했는데, 이는 자신의 후대가 암공을 익히지 않을까 염려하여 암(暗)의 길을 잊지 말라는 의미였다.

주흑은 역혈지체를 이루기 전부터 암공의 대가였다. 그는 암공을 멸시하는 당시 분위기 속에서도 주변의 말에 마음을 꺾지 않고, 스스로의 암공에 대단한 자부심을 지켜 나갔다. 때문에 마단을 하사받아 역혈지체를 이루고 난 뒤에도 여전히 암공을 고수했다. 하지만 주흑은 마공을 마음껏 익힐 수 있게 되었음에도 큰 성장을 이루지 못했다.

마공의 최대 장점은 바로 내력의 양을 수배로 증폭시킨다는 것이다. 하지만 암공에 있어서 내력의 양은 큰 의미가 없었다. 그저 내력의 효율을 극도로 끌어 올린 일격필살의 수법만이 쓸모 있었다. 또한 마공의 최대 단점은 바로 신체에서 자연스레 마기가 흘러나와 적에게 위치를 들킨다는 점이다. 암공을 익히는 사람은 무엇보다 자신의 마음을 다스려야 하고 또한 잘 숨어야 하는데, 마공의 단점이 바로 그 점을 더욱 어렵게 만들었다.

이처럼 장점은 쓸모가 없고 단점은 가장 극대화되니, 역혈지체를 이룬 마인에게 있어 암공이란, 가장 어울리지 않은 무공임이 틀림없었다. 시간이 지날수록, 주흑은 천마의 다른 제자들에게 뒤처지게 되었다. 주흑의 제자 중에는 그의 암공을 버리고 천마의 다른 제자 밑으로 들어가 그들의 마공을 다시 익히는 마인까지 나왔다. 그리고 주흑 본인도 점차 회의감을 가지기 시작하면서, 자신의 후손들도 얼마 못 가 암공에서 완전히 손을 뗄 것이라 믿게 되었다. 그렇게 암령가란 이름은 그의 마지막 희망을 담은 것이다.

주흑의 그런 바람 때문인지, 그의 아들이었던 주막승은 아버지가 이루지 못한 꿈을 계속해서 붙잡았다. 그의 뛰어난 오성이 암공으로 인해 낭비되는 것이 너무나도 아까웠던 천마 시조는 직접 주막승에게 다른 마공을 가르치겠노라 했지만, 주막승은 끝까지 천마 시조의 제자가 되기를 거부하고 아버지가 걷던 길을 걸어갔다.

그리고 그는 결국 말년에 일을 내고야 말았다. 이후 천 년 동안 암령가를 굳건히 지킨 최상급 마공. 암흑마령귀공(暗黑魔令鬼功)을 창시한 것이다. 이는 수십 년 동안 암공과 마공의 연결점을 찾아 헤맨 주막승의 집념이 만들어낸 결과였다. 그 완성도가 어찌나 높은지, 천 년의 세월 동안 거친 수정을 모두 합해도 원본의 1할조차 되지 않는다.

인성을 흔들어 그 광기를 통해 내력을 증폭시키는 마공.

죽음에 가까워지듯 변하여 어둠에 존재를 숨기는 암공.

이 둘의 조화가 담긴 암흑마령귀공은 암령가를 지금까지도 천마오가 중 하나로 굳건히 버틸 수 있게 한 힘 그 자체가 되었다.

암흑마령귀공은 처음 수십 년간 암령가의 기밀로 여겨져 왔다. 하지만 천 년이 지난 지금은 아무나 그 마공을 열람할 수 있을 만큼 공개된 상태다. 사실 이건 모든 천마오가가 동일한 것으로 자신들의 기밀을 공유할 정도의 교류가 없었다면, 천마신교는 이미 진작 안에서부터 붕괴되었을 것이다. 다만, 암령가에는 천 년 동안 암흑마령귀공을 연구한 자료와 그것을 익힌 수많은 마인들의 기록이 있는 만큼, 암령가 마인은 누구보다도 빠르고 안전하게 암흑마령귀공을 익힐 수 있었다.

암흑마령귀공은 천살가의 살공과 마찬가지로 그들만의 특유한 기운을 내포한다. 따라서 그것을 입문마공(入門魔功)으로 삼은 자는 이후 어떤 마공을 익혀도 그 특유의 기운에서 벗어날 수 없었고, 그것과 잘 맞는 마공을 익혀야 했다.

이에 천마신교에서는 암령가 마인들이 그 특유의 기운을 귀기(鬼氣)라고 표현하는 것에서 착안하여, 암흑마령귀공과 잘 맞는 마공들을 귀마공(鬼魔功) 혹은 귀공(鬼功)이라 구분했다. 암흑마령귀공을 입문마공으로 익힌 마인은 다른 보통 마인들이 은은한 마기를 풍기는 것과 비슷하게 은은한 귀기를 내뿜는다.

이는 주소군도 마찬가지. 그는 그의 주력인 자설귀마공(紫雪鬼魔功)보다 이전에 입문마공으로 암흑마령귀공을 익혔고, 높은 성취를 이루자 은은한 귀기를 사방에 뿌렸다. 주소군의 뒤를 쫓아가는 것만으로도 피월려와 제갈극의 전신에는 두드러기가 난 것처럼 소름이 돋아 있었다.

어두컴컴한 복도는 마치 낙양지부의 복도를 연상케 했지만, 다른 점이 있다면 대략 열 발자국마다 직각으로 꺾여 있다는 것이다. 때로는 양옆으로 갈림길이 나와 상당히 복잡한 미로를 이루고 있었다.

낮은 천장에서 양쪽 벽이 이어진 모퉁이를 타고 내려온 햇빛이 겨우 길을 밝히고 있었다. 피월려가 자세히 보니, 그 천장 위로 두꺼운 천막이 햇빛을 가리고 있는 듯했다.

앞서 걸으며 이리저리 길 안내를 하는 주소군에게 피월려가 물었다.

"마공은 되찾으셨소?"

주소군은 걸음을 멈추지 않으며 말했다.

"피 형도 아시다시피, 전 무단전임과 동시에 내공과 외공이 합쳐진 자설귀마공을 익혔기 때문에 몸속에 기혈이 없어요. 그런 몸이라 사실 깨달음 하나에 민감하기 짝이 없죠. 그래서 깨달음과 함께 가문의 도움을 받으니, 칠 주야 만에 모두 회복했어요."

피월려는 주소군의 몸이 깨달음에 민감한 몸이라는 말을 한 번에 알아들었다. 혈로(血路) 같은 실질적인 통로가 아닌, 마음으로 기를 다스리는 심즉동. 무단전의 내외공으로 그것을 이룩한 주소군에게 있어 기를 움직이는 것은 몸의 문제가 아닌 마음의 문제다. 따라서 깨달음 하나에 기가 살아나기도 하고 죽기도 하는 것이다.

피월려는 주소군이 한 말이 생각나 중얼거렸다.

"아, 그러고 보니 깨달음을 얻고자 흑설을 가르쳤다 했었지."

주소군이 말했다.

"그것도 그렇지만 가문의 도움을 받는 것은 죽기보다 싫었어요. 그만큼 얽매이기도 싫었고."

"……"

"하지만 피 형의 가르침을 듣고 나니, 자존심이고 뭐고 다 사라졌죠. 바로 기어들어 와서 아버지께 청하여 마공을 회복했어요. 전보다 더욱 높은 경지에 이를 수 있다는 확신이 들자 도저히 견딜 수 없더군요."

피월려는 웃으며 말했다.

"내가 말하지 않았소? 주 형에게 필요한 것은 심법도, 내 눈이 보이는 비밀도 아니라고. 결국 주 형은 주 형의 깨달음으로 지마에서 천마에 이르신 것이오."

주소군은 왼쪽 손바닥을 위로 펴 보이며 태연하게 물었다.

"혜에? 지마가 뭐고 천마가 뭐죠? 그 둘의 차이가 무엇이기에, 그런 의미 없는 나누기를 하나요?"

"……"

"피 형은 참 알 수 없는 말을 하는군요."

피월려는 주소군의 너스레를 듣고는 그의 무위를 확신할 수 있었다.

"그런 말을 할 수 없는 사람이 지마이고, 그런 말을 할 수 있는 사람이 바로 천마이오. 주 형."

주소군은 입을 가렸다.

"쿠쿠쿠."

피월려는 주소군의 그런 웃음소리를 처음 들었다. 아마 그 것이 진심에서 우러나온 그의 진짜 웃음소리일 것이다.

피월려는 그 웃음소리를 통해서도 기이한 공포감을 느꼈다.

그는 눈을 감아보았다. 그러자 오싹한 귀기가 전신을 둘렀고, 도저히 눈을 뜨지 않고는 못 견딜 것 같은 기분이 들었다. 갑자기 헤어 나올 수 없는 깊은 물속에 빠져 버린 듯한 느낌이다.

그는 억지로 그 공포를 견디면서 눈을 뜨지 않았다. 그러곤 주소군에게 말했다.

"눈을 감으니, 정말 공포 그 자체가 사방에서 몰려오는 것 같소. 그리고 그 공포감에 주 형의 존재가 먹히니 주 형이 앞서서 걷고 있다는 걸 모르겠소. 정말 묘한 암공이오."

주소군이 설명했다.

"자신의 몸을 환경에 녹이며 숨기기보다 환경에 자신의 귀기를 뿌려 몸을 숨기는… 암령가 특유의 암공이죠. 한데 이상하네요, 눈을 감는다니. 피 형은 원래 눈이 안 보이지 않나요?"

피월려는 눈을 떴다.

주소군은 멈춰 있었다.

피월려가 말했다.

"보이게 되었소."

"……"

"……"

"끝?"

그것은 자기는 이것저것 주저리 설명했는데, 피월려는 그냥 얼버무리려고 하는 것에 대한 불만의 표시였다. 피월려는 살포시 웃으며 말했다.

"용안심공이 완전히 사라지게 되어, 금강부동심법이 온전히 자리 잡았소. 그중에는 천안통이란 것이 있는데, 이것이 시야를 대신하고 있소."

주소군은 만족했다는 듯, 다시 걷기 시작했다.

　"아. 천안통. 제가 알기로 그것은 보이지 않는 거리까지 내다보는 천리안의 불가적인 해석으로 알고 있는데, 그럼 피 형은 천리안을 가지게 된 건가요?"

　"그건 내력을 되찾아서 써봐야 알 것 같소. 지금 당장은 육안으로 보는 것만큼만 보이오."

　"헤에? 그렇군요. 아마 내력을 동원하면 훨씬 멀리 있는 것까지 보일 거예요. 축하해요."

　주소군의 말투에는 낙양지부에서 느꼈던 그만의 자신감이 묻어 나왔다. 전에 천살가에서 만났던 그에겐 전혀 느껴지지 않았던 것이라, 피월려는 이상하게 반가운 기분이 들었다.

　피월려가 말했다.

　"축하를 건네야 할 사람은 나요, 주 형. 마공을 되찾게 되어 축하하오."

　주소군은 별거 아니라는 듯 손을 이리저리 저었다.

　"별로 축하받을 일은 못 돼요. 아버지와 약조를 하나 해야 했거든요."

　"무슨 약조 말이오?"

　"암령가의 가주가 되기로."

　"……"

　"그거야 워낙 골치 아픈 일이라 사실 마공을 다시 잃어버릴

까 생각도 했어요."

주소군의 농에 피월려가 작은 미소를 지었다.

"확실히 주 형의 성성으론 귀찮아할 일이라 생각되오."

주소군은 몸을 빙글 돌렸다. 그리고 그는 피월려와 제갈극을 번갈아 보더니 말했다.

"지금 시각은 오시(午時) 사각(四刻), 정오(正午)예요. 낮엔 자고 밤에 활동하는 암령가의 시계(時計)로는 꼭두새벽과도 같은 시간이죠. 그래서 일단 사랑방으로 안내했어요."

"방?"

주소군의 미소를 지으며 손바닥으로 왼쪽을 가리켰다. 피월려와 제갈극이 보니, 미닫이문이 있었다.

지금까지 한마디도 하지 않던 제갈극이 나지막하게 말했다.

"귀기에 둘러싸여 본좌의 시야까지 좁아지다니… 역시 마음이 뒷받침되지 못하면 영안도 무용지물이군."

주소군이 말했다.

"일단 이곳에서 쉬세요. 아버지께서 기침(起枕)하시는 신시(申時) 정각에 시녀를 불러 드릴게요. 그때 와서 아버지 및 다른 분들과 다 만나시면 돼요."

제갈극은 고개를 끄덕이곤 안으로 들어갔다. 겉으로 보기보단 꽤 넓은 방이었는데, 안에는 김이 모락모락 나는 차까지 준비되어 있었다.

피월려는 사랑방에 들어가기 전, 주소군에게 물었다.

"우리가 본의 아니게 주 형의 잠을 방해한 것 같아 미안하오만, 간단하게 몇 개만 더 물어보겠소."

"그러세요."

"날짜는 물었고, 장소는 암령가라 했지만 나는 암령가가 어디 있는지 모르오. 만약 위치가 기밀이 아니라면 대강 어디인지 알려줄 수 있소?"

주소군이 미소 지었다.

"물론이죠. 암령가가 무슨 신비문파인가요? 암령가는 호남성 장사(長沙)에 위치해 있어요. 동정호 아시죠? 동정호의 가장 남단이라고 생각하시면 돼요."

피월려는 패천후가 보여주었던 지도를 기억하며 말했다.

"우리가 탄 보선은 본래 악양에서 틀어 동정호로 들어오지 않고 북쪽으로 올라가려 했소. 한데 어쩌다가 이곳에 오게 된 것이오? 혹 도중에 전투가 있었소? 부상자나 사망자는?"

주소군은 고개를 흔들었다.

"그런 말은 못 들었어요. 다만 본부의 추적이 생각보다 거세지 않자 남쪽으로 물길을 틀어 암령가에 방문하게 되었다고만 들었어요."

"……"

"그래도 천살가 가주를 죽이고 피 형을 취하겠다는 교주의 의지가 너무 확고해서 우리 암령가에서도 도박을 하고 있는 상황이에요. 일단 부교주와 천살가 가주 그리고 아버지께서 지금까지 몇 차례나 대화를 나누었지만 결정된 건 없어요. 아버지께서는 꼭 피 형을 만나보고 최종 결정을 내리겠다 하셨어요. 아마 오늘 밤에 피 형이 어떻게 대화를 이끌어 나가느냐에 따라 많은 것이 달라질 거예요."

"철저히 준비해야겠군."

"일단은 쉬세요. 오늘만 제갈극과 한 방을 쓰시고 내일부턴 따로 방을 드릴게요."

"알겠소."

주소군은 몸을 돌려 걷기 시작했다. 그의 뒷모습을 지그시 보던 피월려가 마지못해 물었다.

"혹……"

주소군이 피월려의 말을 잘랐다.

"하 아에게 물었어요."

"……."

"늙어버린 피 형의 외관을 마주할 자신이 없다네요. 자길 만나려면 반로환동이라도 하고 오래요. 아무래도 여자들은 외모가 걸리긴 한가 보죠? 그리고 하나같이 피 형이 반로환동을 할 수 있을 거라 믿나 봐요."

"……."

"그럼 이만."

"아, 잠시."

"네?"

"그… 원설은 어떻게 되었소?"

주소군은 잠시 뜸을 들이다가 이내 조용한 목소리로 대답했다.

"암령가에서 멀리 떨어지지 않은 묘지에 매장했어요. 다시 살아나는 일은 없었어요."

"그랬군."

"그럼 정말 이만."

주소군은 몇 발자국 걷지 않아 옆으로 꺾어 모습을 감추었다.

피월려는 한참이나 말없이 서 있다가 이내 방 안으로 들어섰다.

제갈극은 명상을 하겠다고 말하고는 가부좌를 틀더니, 이후 한 번도 눈을 뜨지 않았다. 피월려는 그가 아마 다시 이계로 들어간 것이 아닌가 했다.

마땅히 할 것도 없고 잠도 오지 않던 피월려는 명상을 시작했다. 자기 자신의 내면을 관찰하고 마음의 상태를 하나하나씩 점검하자 전보다는 확실히 편안해졌다는 기분이 들었다.

오랫동안 묵은 체증이 내려간 것처럼, 그의 머릿속 어디를 돌아다녀도 산뜻한 기분이 계속해서 이어졌다.

금강부동심법은 확실히 신공(神功)이었다. 겉으로 드러나는 위력도 위력이지만, 내면을 살피니 그 진정한 힘이 느껴졌다. 평정심을 유지하며 스스로의 정신을 돌아보게 해주면 자신의 기억과 감정을 객관적으로 바라볼 수 있으니, 이만큼 자기 성찰에 도움이 되는 심공도 없을 것이다.

피월려는 오랫동안 꿈을 꾸듯 스스로의 기억을 탐험했다. 그 당시에 생각했던 것과 느꼈던 것을 되새김하면서도 평정심을 유지하여 다시금 새로운 시각으로 바라보았다. 그러자 끝없이 이어지는 자기 의심과 더불어 자기 연민 등, 그가 전에는 자각하지 못했던 새로운 것들을 깨닫게 되었다. 그러나 개중에는 가끔 그의 평정심을 흩뜨려 놓는 것이 있었으니 바로 그가 행했던 살생의 기억이었다.

검으로 자르고, 찌르고, 베고…….

하나하나 생동감이 넘치는 살인의 기억들을 돌아볼 때마다 금강부동심법은 깨어질 듯 휘청거렸다. 피월려는 고양된 정신이 송두리째 무너질 것 같은 그 기분을 애써 참으며 천천히 살생의 기억을 훑어보았다.

그 기분은 마치 구역질이 나는 입을 틀어막으며 억지로 음식을 밀어 넣는 것과 같이 메스꺼웠다. 금강부동심법은 살생을 금하는 불가의 심법인지라, 살생에 관한 기억에서만큼은 그 힘이 발휘되기는커녕 역으로 작용했다. 서서히 정신이 혼미해졌지만, 피월려는 계속해서 살생의 기억을 탐사했다.

탁.

피월려는 누군가 그의 몸을 만지는 느낌에 화들짝 놀라며 깨어났다. 처음 느껴지는 것은 자신의 땀에 푹 젖어 있는 온주피. 마치 물속에 있다가 올라온 것처럼 잔뜩 물을 머금은 온주피는 그의 몸을 불쾌하게 짓누르고 있었다.

피월려는 눈을 떠 앞을 보았고, 그의 앞에는 제갈극이 그를 내려다보고 있었다. 그의 뒤에는 어여쁜 시녀 둘이서 놀란 표정으로 자기들의 입을 가리고 있었다.

제갈극이 말했다.

"자칫 잘못했다간 혼이 떠날 뻔했다."

"……."

"무슨 짓을 하고 있었느냐?"

피월려는 제갈극의 질문에 눈을 껌벅껌벅하더니 곧 숨을 내쉬었다. 그러자 온몸의 기운이 그 숨을 통해 빠져나가듯 하여, 엄청난 무력감이 속에서부터 차올랐다.

피월려가 숨을 고르며 말했다.

"하아. 하아. 살생의 기억을 마주하고 있었소."

제갈극의 한쪽 눈썹이 묘하게 위로 올라갔다.

"참회(懺悔)를 하고 있었다는 말이냐?"

"차, 참회?"

피월려는 너무나 생소한 그 말에 되묻지 않을 수 없었다.

"객관적인 시각으로 자신의 살생의 기억을 떠올려 스스로의 부끄러움을 마주하는 것이 참회이지 무엇이겠느냐?"

"……."

"본좌가 봤을 때, 역시 역혈지체를 가진 채 금강부동심법을 익힌 건 아주 큰 잘못이라 본다. 얼마나 참회했지?"

피월려는 순간 비틀거리며 앉은 채로 쓰러질 뻔했다. 시녀 둘이 얼른 그의 양옆으로 와서 그를 부축했다. 그는 관자놀이를 부여잡더니, 중얼거렸다.

"아마, 3할 정도가 아닌가 하오."

"방금도 내가 아니었으면 못 깨어나고 죽었을 수도 있다."

"……."

"네 늙은 육신으론 그런 고단한 정신 수양을 버틸 수 없다. 다시는 내가 없는 자리에서 참회하려 자기 자신을 돌아보지 말거라."

"금강부동심법을 대성하기 위해선 필요한 일이오. 마지막 관문만이 남아 있는데, 그것은 바로 자기 자신을 돌아보는 것이오."

"그럼 꼭 나를 옆에 두고 하던가."

"……."

"네가 행한 살인(殺人)이 몇 명인지 모르겠지만……."

피월려가 제갈극의 말을 잘랐다.

"삼백사십칠(三百四十七)이오."

"……."

"살생(殺生)은 천오백육십사(千五百六十四)이고."

방 안은 조용했다.

제갈극이 입을 열고 그 침묵을 깼다.

"그 업보를 모두 참회해야 한다니, 그 고통을 말로 표현할 수 없겠군."

피월려는 지금까지 그저 기억에서 지움으로 업보에서 벗어났다. 하지만 모든 것을 생생하게 기억하는 지금은 전처럼 망각(忘却)으로 업보를 해결할 수 없다. 용안심공의 도움을 받아 기억과 정신을 조작할 수도 없다. 다시 말하면, 그의 기억 속에 산재하는 그의 선행과 악행 모두 그저 대면하는 수밖에 없다.

피월려는 얼굴을 한번 쓸어내리며 말했다.

"고통에는 익숙하오."

"……."

"시녀들이 있는 것을 보면 신시가 된 것 같은데?"

시녀 중 피월려의 오른편에서 그를 부축하던 시녀가 말했다.

"가주님께서 부르셨습니다만, 혹 귀빈께서 거동하시기 불편하시다……."

피월려는 말을 자르며 자리에서 일어났다.

"아니오. 안내해 주시오."

시녀 둘은 서로를 보았다. 왼쪽의 시녀가 고개를 끄덕이자 오른쪽의 시녀가 다시 말했다.

"귀빈의 뜻을 알겠습니다. 저희가 부축할 테니, 천천히 따르시지요."

"부탁하겠소."

피월려는 온 힘을 다해서 몸을 바로 세웠다. 그러곤 심호흡을 한 뒤 한 발자국을 내디뎠다.

그의 발이 떨어진 바닥에서 한 남자가 피월려에게 소리쳤다.

'나를 왜 죽였나!'

피월려는 온몸에 소름이 돋는 것을 느꼈다.

"허억. 허억. 허억."

거친 숨을 내쉬는 피월려의 양쪽에 있던 시녀들이 쓰러지려는 그를 꽉 붙잡았다.

"귀빈? 괜찮으세요?"

피월려는 두려움이 가득한 표정으로 한동안 그의 발에서 눈을 떼지 못했다. 그가 발로 머리를 짓뭉개 죽여버린 남자.

한때는 언제인지 어디인지 누구인지도 기억하지 못했던 그 남자에 관한 기억이 모조리 떠올랐다. 그리고 그 기억을 따라오는 수많은 감정은 피월려의 평정심을 뒤흔들었다.

그런 그를 묘한 눈길로 바라보던 제갈극의 이마에 내천 자가 그려졌다.

제갈극이 말했다.

"외부의 자극에는 완전한 면역성을 가지지만, 내부의 자극에선 그만큼 더 심하구나. 그래서 참회가 필요한 것이로군. 그것을 통해서만이 내외의 모든 자극으로부터 평정심을 유지할 수 있게 되는 것이고."

피월려는 고개를 끄덕였다.

"그래서 내가 죽인 자들의 죽음을 하나하나 경험하지 않는다면 대성할 수 없소."

"힘든 길이다. 그만한 가치가 있겠느냐? 아니, 애초에 가능하겠느냐?"

"용안심공으로 확장한 정신력 덕분에."

"묘하군."

"그렇소. 묘하오."

"……"

"제갈극 어르신은 어쩌실 생각이오? 떠나실 것이오? 원하는 것을 얻지 않았소? 영안까지 개안한 듯한데."

제갈극은 고개를 흔들었다.

"화산에 새로운 제갈세가를 건설하기 전까진, 태룡마검에게 묶인 몸이다. 여기서 기다리마."

제갈극은 그렇게 말한 후 다시 가부좌를 틀고 앉았다. 그러곤 무현금을 연주하며 다시 명상을 시작했다.

피월려는 그를 오랫동안 보다가 이윽고 시녀들의 부축을 받으며, 사랑방에서 나갔다.

*   *   *

"늦었군."

칙칙한 상석에 앉아 있는 암령가 가주는 생각보다 왜소한 체격을 가지고 있었다. 날카로운 턱 아래로 물결치는 듯한 턱수염을 길게 기르고 있었고, 흰색과 검은색이 섞여 회색빛이 나는 머리카락을 깔끔하게 한데 모아 뒤로 넘겼지만, 어느 부분부턴 아무렇게나 사방팔방 튀었다.

그는 의자에 앉아 있음에도 뒷짐을 풀지 않았다. 꼬부랑한 허리와 앞으로 튀어나온 듯한 머리 그리고 거기서 더 튀어나온 그의 두 눈은 마기가 가득한 눈빛으로 피월려를 바라보고 있었다.

무림인은 자연스럽게 곧은 자세를 가지게 되게 마련인데,

암령가 가주의 자세는 무공을 익힌 자의 것이라고 보기 어려 웠다. 다만 그의 눈과 몸에서 자연스레 흘러나오는 마기를 통해서 상당한 실력자라는 것만을 간접적으로 느낄 수 있었다.

그의 옆에 앉아서 턱을 괴고 있던 나지오가 따분하다는 듯한 표정을 짓고 있었다. 그는 피월려를 보지도 않고 말했다.

"우리가 널 얼마나 기다린 줄 알아? 얼른 와서 앉아라. 신속하게 끝내자."

피월려는 나지오의 맞은편까지 시녀에게 안내를 받으면서 물었다.

"음양살마께서는 어디 있소?"

나지오는 어깨를 들썩이며 마음에 들지 않는다는 듯 퉁명스럽게 말했다.

"지금 수련 중이라 했어. 천살가하고 암령가하고는 나 없이 다 이야기가 끝난 것 같아. 이젠 나하고 따로 협상하려 하는데 꼭 너와 이야기를 하고 싶다더군."

피월려가 자리에 앉자 암령가 가주가 피월려를 지그시 보았다. 피월려도 역시 암령가 가주를 지그시 보았는데, 한동안 그들은 그렇게 서로를 바라보기만 했다.

그러다가 암령가 가주가 먼저 말을 꺼냈다.

"내 소개를 안 했군. 암령가 가주 주세찬일세. 별호는 귀중 귀마(鬼中鬼魔)이고."

피월려는 포권을 취했다.

"피월려입니다."

"그 눈. 눈알이 없는데, 꼭 날 보고 있는 것 같군그래. 신기해."

"……."

"실례가 됐다면 사과하지."

"아닙니다."

주세찬은 뒷짐 진 두 손을 앞으로 가져가며 말했다.

"뭐, 심검마에 대해선 이런저런 이야기를 많이 들었다네. 음양살마의 말이나 여기 계신 부교주의 말이나, 그리고 본부에서 들려오는 소문을 통해서도 들었지. 특히 소가주가 말하는 심검마를 참으로 만나 보고 싶었네."

피월려는 눈을 감으며 고개를 정면으로 향했다.

"그러려면 저와 무학을 나누셔야 할 겁니다."

주세찬은 피식 웃더니, 나지오를 보았다.

"역시 부교주가 말한 그대로군."

나지오도 따라 웃었다.

"내가 말했잖아. 재밌는 놈이라니까."

주세찬은 다시 피월려를 보며 말했다.

"내가 확인하고자 하는 건 별거 없다네. 심검마가 하나만 확인해 주면 천살가는 물론이고 여기 계신 부교주와도 협력

할 거야."

"그것이 무엇입니까?"

"내 딸아이를 어찌할 생각인가?"

"······."

"뭐, 들리는 소문에 의하면 여인을 취하는 데 도가 텄다며. 그것도 미인들로만. 딸아이에게 물어보니 자기는 끝까지 순결을 지켰다고 하는데, 뭐 그 아이가 내게 순순히 진실을 말할 리 없지 않은가? 그래서 가주가 아니라 한 아비로서 물어보는데, 그 아이와 동침했는가?"

피월려는 당황한 표정으로 나지오를 보았다.

나지오는 어깨를 들썩일 뿐 아무런 말도 하지 않았다.

피월려는 다시 주세찬을 보더니 말했다.

"그, 그런 적 없습니다."

"눈에 들어왔다는 미녀는 아주 흑백을 가리지 않고 취한다 들었는데, 혹 내 아이를 미녀로 생각하지 않는 건 아니겠지?"

"······."

"뭐, 남자가 혼인 전에는 흥청망청 놀 수도 있는 거지. 나도 혈기 왕성한 시절에는 그랬으니. 뭐, 그래서 묻겠는데 혹시 내 딸아이와 혼인을 올리고 나서도 그리 살 생각인가?"

"예?"

"유부남이 돼서도 그럴 거냐고 묻는 게야. 이건 장인으로 상당히 고민거리가 되는 문제라서 심검마가 불편해도 꼭 대답을 들어야겠네."

피월려는 오랫동안 침묵을 지키다가 말했다.

"그… 이 자리를 제가 오해했군요."

"아니, 전혀 오해하지 않았네. 지금 이 자리는 엄연히 암령가와 천살가 그리고 여기 계신 부교주. 이 세 세력의 화합과 동시에 협상을 위해 있는 자리. 암령가에선 만일의 사태에 대비하여 교주에게도 대항할 수 있는 강력한 고수가 필요한 시점이지. 따라서 자네가 내 딸아이와 혼인을 올린다는 내 요구 조건은 단순히 혼기를 놓친 딸아이를 시집보내려고 안간힘을 쓰고 있는 한 아버지의 주접보다는 확실히 더 큰 의미를 지니고 있네."

주세찬의 말에 피월려가 대답했다.

"제가 입신에 오른다는 보장은 없습니다."

"아, 당연히 입신에 오르고 난 뒤에 혼인을 해야지. 내가 고수가 필요하다는 말을 듣지 못했나? 입신에 오르지 못하면, 우리도 심검마에게 볼 일 없어."

"……"

"그래서 어찌하겠는가? 약조하겠는가? 심검마가 약조한다면 앞서 의논했던 모든 의제에 대해서 부교주와 천살가의 의견을 전부 받아들이기로 했네. 그러니 잘 생각하고 답을 주게."

피월려는 잠시후 짤막하게 대답했다.

"시간을 주십시오."

"얼마든지."

나지오와 피월려 그리고 주세찬 중 웃는 사람은 주세찬밖에 없었다.

*　　　　　*　　　　　*

피월려가 방 밖으로 나왔을 즈음, 그를 따라 나온 나지오가 그의 어깨를 쳤다. 나지오가 뭐라 말하기도 전에, 피월려가 돌아보며 먼저 말했다.

"혼인이라니… 도대체 지금까지 어떤 일이 일어났고, 무슨 이야기가 오간 것이오?"

황당해하는 피월려를 보며 나지오는 손가락 하나를 뻗었다. 그런데 피월려는 그 손가락 끝에서 순식간에 팽창하는 원형의 기운을 느꼈다. 그것이 방음막이라고 직감적으로 깨달았다.

나지오는 앞에 있는 시녀에게 앞서 걸으라고 손짓하더니, 피월려의 등을 살포시 밀면서 같이 걷자는 신호를 주었다.

아주 느린 걸음으로 그들은 같이 걷기 시작했고, 나지오가 먼저 말했다.

"보름 정도 지났지 아마?"

"내겐 남창에서 보선에 탑승한 일이 바로 어제 있었던 일 같소."

"흐음. 역시 그렇군."

고민하는 듯한 나지오의 표정에 피월려가 물었다.

"보름 사이에 전투가 있었소?"

"그런 건 아니야. 다만 전투가 전혀 없어서 문제였지."

"전혀 없다?"

피월려의 되물음에 나지오가 눈을 위로 두며 천천히 설명했다.

"교주의 명을 받드는 흑룡대가 대원이 반토막이 됐다고 임무를 포기할 리 없어. 흑룡대주 신균은 그 성정상 인원이 적다 싶으면 어떻게든 부족한 무력을 메꿔서라도 임무를 완수하지. 개인적인 은원 관계를 동원하든, 자존심을 굽히고 다른 집단에 도움을 청하든, 하여간 절대로 포기할 사람이 아니야."

"그런 그가 보름 동안 나타나지 않았기에 이상하다는 것이오?"

"많이 이상하지. 아주 크게 준비하나 보다 하고 만반의 태세를 갖추었는데 동정호에 도착할 때까지도 아무런 일이 없는 거야. 상단주도 그렇고 천살가 가주도 그렇고, 거의 모든 사람들이 동정호 전에는 분명 싸움이 있을 것이라 예상했는데도 말이지."

"동정호에 도착하면 뭐가 달라지오? 왜 동정호 이후부턴 흑룡대가 공격하지 않을 것이라는 것이오?"

나지오는 팔짱을 꼈다.

"동정호부턴 암령가의 지역이니까. 그리고 더 서쪽으로 가면 현천가의 지역이고. 그러니 우리는 당연히 천살가의 지배 지역 내에서 교주의 세력과 싸울 거라고 생각했지. 천마오가가 실질적으로 지배하는 지역 내에선 아무리 본부의 흑룡대라도 눈치를 안 볼 수 없으니까."

"흐음. 그렇다면 몇 가지 가능성이 있소."

나지오는 눈빛을 빛내더니 피월려를 돌아봤다.

"이미 답을 알지만, 혹시 모르니까 들어나 볼까? 새로운 시각으로 보면 또 다른 게 나올 수 있지."

피월려는 눈을 감고는 생각에 집중하며 나지막하게 대답했다.

"첫째로는 흑룡대가 입은 피해가 생각보다 더욱 치명적일 수 있소. 따라서 추격 자체가 불가능한 것이오. 신균 본인이 도저히 회복할 수 없는 피해를 입었다든가, 아니면 부상자가 많아 차마 버리고 올 수 없었다든가 하는 식이오."

"흐음… 두 번째는?"

"둘째는 이미 암령가 혹은 현천가와 이야기가 되었을 수 있소. 암령가와 이야기가 되었다면 여기서 이미 기습을 당했을 테니, 이야기가 됐다면 현천가겠지. 현천가의 지배 지역인 귀주성 혹은 사천성에서 우리를 대기하고 있을 수 있소."

"거기까진 우리도 생각했지. 표정을 보니 세 번째도 있어 보이는데?"

"세 번째는 처음 우리가 흑룡대의 개입 가능성을 배제했던 이유가 다시 생겼을 수 있소."

"……."

"본부로 진격했던 무림맹의 제일군. 그들을 막기 위해선 본부에서 흑룡대를 다른 곳에 투입할 여력이 없다고 생각했었지. 하지만 제일군을 손쉽게 제압하니, 이쪽으로 흑룡대를 투입한 것 아니오? 따라서 만약 본부에서 흑룡대가 필요한 어떤 다른 일이 생겼다면, 그들은 철수할 수밖에 없었을 것이오."

나지오는 고개를 몇 번이고 끄덕이며 감탄했다.

"역시 심검마답네. 세 번째는 우리 중 아무도 생각하지 못했고, 여기 암령가에 와서 정보를 들은 후에나 그것이 알맞은 이유라는 걸 알 수 있었지. 그런 걸 이 자리에서 바로 생각하다니, 참. 네 심계는 못 따라가겠다."

칭찬을 들은 피월려의 얼굴은 환해지긴커녕 오히려 어두워졌다.

"본부에 무슨 일이 생겼기에, 흑룡대가 귀환해야 했소?"

"천본(遷本)한단다."

"천본?"

"본부를 낙양으로 옮기겠다는 거야. 무림맹의 세력을 박살 내버렸으니, 진정한 마도천하를 열기 위해서 우선 수도로 본부를 옮기는 것으로 선전포고를 날리겠다는 거지. 당연하지만, 거기엔 모든 무력이 동원되어야 해. 흑룡대도 마찬가지. 천마오가에도 곧 명령이 떨어질 거야."

"……"

"왜?"

피월려는 나지오의 물음도 듣지 못할 정도로 깊이 생각에 빠져 있었다. 그의 걸음걸이가 거의 기어가는 것과 다름없는 속도로 느려진 것을 보고 나지오는 차분히 그의 옆을 따라 걸으며 그의 생각이 끝나기를 기다렸다.

얼마나 시간이 지났을까, 피월려가 입을 열었다.

"거기엔 두 가지. 풀리지 않는 의문이 있소."

"말해봐."

"첫째로는 박소을 장로의 집착이오. 낙양에 대한 집착……"

의외의 말에 나지오는 고개를 갸웃했다.

"낙양에 대한 집착?"

"전 낙양지부가 박살 났을 때도 그렇고, 황도를 낙양으로 옮기려 했을 때도 그렇고, 지금도 마찬가지. 박 장로는 마치 오랫동안 낙양을 떠날 수 없는 사람인 것처럼, 항상 자신의 거처를 낙양으로 두려 하오."

나지오는 그 말을 듣고는 자기도 모르게 고개를 크게 끄덕였다.

"과연!"

"이번에 본부를 옮기겠다는 심산도 억지스럽소. 굳이 그렇게 하지 않고 안전하게 남쪽에서 진두지휘하며 마도천하를 계획해도 전혀 상관은 없소. 낙양으로 본부를 옮기겠다는 그 선전포고에는 분명 마도천하 외에 본인만의 목적을 달성하기 위한 무언가가 있을 것이오."

"흐음… 낙양을 향한 집착이라. 확실히 그런 면이 있는 것 같긴 해. 하지만 그런 행동의 이유는 진짜 모르겠는걸?"

"나도 그 이유에 관해선 전혀 감을 잡지 못하겠소."

"그럼 두 번째는?"

피월려는 오른손으로 턱을 괴곤 말했다.

"흑룡대에 내린 명령을 철회하는 건 교주의 성정과 맞지 않소."

"진설린 말인가?"

피월려는 잠시 침묵하다 곧 말을 이었다.

"내가 이런 말을 하긴 뭐하지만, 린 매는 나를 향한 집착이 아주 강하오. 그것의 이유가 무엇이든 간에. 세상이 마도천하가 되는 것이나, 자기가 그 위에 군림하는 교주가 되는 것이나, 그녀는 그런 것에 전혀 관심이 없소. 그저 본인의 욕구를 충족하는 것에 모든 관심이 있고, 그 욕구의 정점에는 내가 있소."

"좋겠네."

"……."

"그래서?"

"그런 그녀가 단순히 박소을의 목적을 위해서 나를 소환하라는 명령을 철회하고 흑룡대를 불러들인다? 말이 되지 않소. 또한 그건 교주명이니 린 매를 통하지 않고는 박소을 혼자 그런 명령을 내릴 순 없었을 것이오."

"진설린이 박소을의 명령을 듣는 거겠지."

"전에 말존대가 두 번 찾아왔소. 첫 번째는 나를 죽이려 한 것이고, 두 번째는 나를 소환하려고 한 것이오. 첫 번째는 박소을의 명령이었고, 두 번째는 린 매의 명령이었소. 즉 그 둘은 완벽한 상하 관계가 아니라는 뜻이오. 아마 박소을은 린 매의 욕구를 충족시켜 주는 대가로 그 외에 일에 모든 전권을 쥐고 있을 것이오. 그러니 린 매가 자신의 욕구에 관해서는 박 장로의 말을 듣지 않는 것이오."

나지오는 냉정하게 피월려의 생각을 평가했다.

"두 번째는 솔직히 설득력이 낮아."

"알고 있소. 하지만, 날 향한 린 매의 집착은 상상을 초월하오. 박소을의 목적을 위해서 린 매가 그것을 스스로 거뒀으리라 생각하긴 어렵소."

"……"

"하지만 그런 결정이 났다는 건, 둘 관계에 어떤 변화가 있다는 걸 시사하는 것일 거요."

"억측 위에 억측이야. 가정하는 게 너무 많은데?"

"확실히 많긴 하오. 그것까진 부정하지 않겠소."

피월려의 방에 도착하여 앞서 걷던 시녀가 멈추자 나지오와 피월려도 자연스럽게 멈췄다.

나지오는 땅을 응시하다가 곧 피월려에게 말했다.

"두 번째는 모르겠는데, 첫 번째는 확실히 의심할 만해. 낙양에 박소을이 관심을 가질 만한 게 뭐가 있는지 조사해 보도록 하지. 오랜 기간 동안 낙양에 머무르려 했으니, 아직 박장로도 완수하진 못한 걸 거야. 단숨에 입신에 오를 수 있는 전대고수의 비급쯤 되려나?"

"……"

"그럼 들어가. 나중에 더 이야기하자고. 안에서 제갈극 좀 불러줘."

피월려가 고개를 끄덕이곤 포권을 취했다.

방 안으로 들어온 피월려는 명상을 하고 있는 제갈극에게 다가가 그의 어깨를 살짝 건드렸다. 제갈극은 곧 깨어났고, 밖에 나지오가 있다는 걸 확인하고는 그와 함께 어디론가 향했다.

"식사를 준비할까요?"

피월려는 그에게 질문한 시녀를 돌아보며 말했다.

"잠깐 갈 곳이 있소. 방금 나간 둘 모르게 나를 데려다줄 수 있소?"

시녀는 잠시 고민하더니 물었다.

"어디로 향하시기에 그러십니까?"

"천살가 가주 돈사하 어르신을 뵙고자 하오."

시녀는 아미를 살짝 찌푸리며 더 고민하더니 말했다.

"입신의 고수이신 부교주님의 눈길에서 벗어나려면, 꽤나 돌아가야 할 것입니다. 괜찮으시겠습니까?"

암령가의 시녀인 만큼 확실히 다른 보통 시녀와는 다른 것 같았다.

피월려는 고개를 끄덕이며 말했다.

"괜찮소."

"그럼. 따르시지요."

시녀는 피월려를 지나쳐 문 반대편으로 갔다. 그리고 그곳에 있는 문을 열었는데, 거기서도 또 다른 복도가 나타났다.

피월려와 시녀는 한참을 걸었다. 정말로 오랫동안 걸었기에, 몇 번이나 얼마나 더 걸리는지 묻고 싶었다. 하지만 그런다고 가는 길이 빨라지진 않는다는 것을 알았기에 조용히 시녀의 뒤를 따랐다.

얼마나 지났을까, 시녀는 어떠한 방 앞에 멈춰 섰다.

"수고하셨습니다."

시녀도 약간 지친 듯한 기색이었다. 피월려는 포권을 취해 감사를 표했다. 그녀는 안에 기별을 고했고, 피월려는 안으로 들어섰다.

피월려가 쓰는 방과 동일한 구조를 가지고 있는 그 방 안에 돈사하가 있었다. 그는 의자에 앉아 김이 모락모락 나는 차를 마시고 있었는데, 전에 들었던 것처럼 수련을 했는지 온몸이 땀에 젖어 있었다.

돈사하가 말했다.

"보름여 만이야. 이계로 여행은 어땠어?"

피월려는 그의 맞은편에 앉으며 말했다.

"기억나지 않아 잘 모릅니다."

"하하하. 그래? 나도 암공을 익히다 몇 번 다녀왔는데, 꿈꾼 것처럼 기억나지 않았지."

피월려가 물었다.

"암공을 익히다가도 이계에 갑니까?"

"좌도와 가까운 무공이니까."

"……"

돈사하는 차를 조금 마셔 입을 축이고는 물었다.

"그래서. 이 시각에 나를 홀로 찾아온 이유가 뭐야?"

피월려는 단호한 목소리로 말했다.

"단도직입적으로 묻겠습니다. 박소을과 다시 손을 잡으신 겁니까?"

"……"

"……"

묘한 침묵이 오갔다.

돈사하는 피월려의 휑한 눈을 지그시 바라보다가 이내 조용히 말했다.

"눈이 보이나 보군. 그래선가? 더 예리해졌어."

"맞습니까?"

돈사하는 순순히 인정했다.

"맞아. 그쪽에서 이야기가 있었지."

"무슨 이야기가 오갔습니까?"

"그보다 어떻게 알았어? 방금 깨어났잖아?"

피월려는 돈사하의 질문에 순순히 대답했다. 어차피 여기서 돈사하에게 살해당할 각오를 하고 온 것이라 그의 입은 거침없었다.

"흑룡대가 절 쫓는 것을 포기했다고 들었습니다. 천본을 하기에 본부에서 흑룡대를 거둔다고 말입니다."

"그랬지. 지오에게 들었나 봐?"

돈사하는 엎어져 있던 찻잔 하나를 들고 차를 따라 피월려 앞에 놔주었다. 하지만 피월려는 그 휑한 두 눈으로 돈사하만을 바라봤다.

피월려가 말했다.

"나 선배에게는… 대충 둘러댔습니다만, 이유를 가만히 생각해 보았습니다. 린 매가 흑룡대에게 명령을 철회한 이유 말입니다."

"교주의 존함을 그리 자르는 거 아니야."

피월려는 그의 말에 웃음조차 나오지 않았다. 중원에서 예의범절에 대해서 논할 자격이 있는 사람을 손꼽자면, 가장 끝자리에 있을 사람이 바로 돈사하이기 때문이다. 하지만 그는 돈사하의 말을 듣고 정정했다.

"박 장로가 강압적으로 교주의 명령을 철회했을 수는 없을 겁니다. 지금까지 박 장로와 교주의 행각을 보면, 분명 서로 협력하는 사이일 뿐 한쪽에서 일방적으로 우위에 있다고 하기 어렵습니다."

"그래서?"

"교주 직속인 흑룡대가 철수했다는 건 교주가 직접 그 명령을 내렸다는 것이고, 자신의 욕구에서 벗어날 수 없는 그녀가 그렇게 할 수 있는 이유는 단 하나입니다."

"뭔데?"

"다른 방법으로 욕구가 충족되는 것을 약속받았을 때."

"……."

돈사하는 말없이 피월려를 보았고, 피월려도 말없이 돈사하를 보았다. 그들이 동시에 차를 홀짝이고 내려놓을 때까지, 그들의 시선은 서로에게서 떠나지 않았다.

피월려가 말했다.

"흑룡대가 아니고 다른 방법으로 저를 가질 수 있게 되었을 때나, 흑룡대를 철수시켰을 겁니다. 그리고 그 다른 방법으로 가장 먼저 생각난 것은 바로 가주님입니다."

"왜 그렇지?"

"박 장로와 천살가는 원래부터 협력관계였습니다. 그러다 최근 들어 혈교의 문제로 조금 멀어졌다고 들었습니다만, 이해관계가 맞물리면 다시 손을 잡는 건 일도 아닙니다."

"이해관계가 어찌 맞물리는데?"

"제 생각으로는, 가주님께선 절 박 장로에게 넘기고, 박 장로는 가주님께 천마오가의 자리를 유지하는 것을 약속하지 않았나 합니다."

"나도 월려가 필요한걸? 혈교주 없이는 새로운 천살가도 없어. 월려의 몸속에 박힌 백호를 소을에게 넘겨 버리면 내가 지금까지 계획하고 걸어온 모든 것이 수포로 돌아갈 텐데, 내가 그런 협상을 하겠어?"

"그야 제 심장을 먹으면 되는 일 아닙니까?"

"그럼 심장을 도려낸 월려의 시체를 소을과 교주가 뭐에 쓰려고?"

"교주는 제가 살아 있든 죽어 있든 신경 쓰지 않을 겁니다. 아니, 죽어 있다면 다시 살리면 그만이지요. 그녀 본인도 생강 시 아닙니까?"

"……."

"틀렸습니까?"

돈사하는 오른손으로 수염을 매만졌다. 몇 번이고 그렇게 쓸었다가 양 눈썹을 위로 치켜뜨며 말했다.

"굉장한 추측이야. 하지만 한 가지 간과한 점이 있지."

"그것이 무엇입니까?"

"원설."

"……."

"그녀는 내 생각보다 소을에게 훨씬 소중한 자였지. 뭐, 죽일 때도 알고는 있었지만. 하여간, 그녀를 죽인 이후에 완전히 틀어졌어. 이후에 흑룡대가 투입된 걸 보면 몰라? 아마 교주가 흑룡대로 하여금 월려를 회수하려는 걸 그나마 막고 있던 소을도 그 소식을 듣고 손을 놔버렸을 거야. 아니, 더 나아가서 나를 척살하라는 명령은 소을이 의도했을 수도 있지. 월려를 회수하는 데 나를 죽일 필요까진 없으니까."

"……."

"확실히 월려가 말한 그런 비슷한 제안이 없었던 건 아니야. 하지만 박소을 본인이 아니었어. 마도천하를 앞에 둔 현 상황에 이런 분쟁은 위험하다고 판단한 극악마뇌(極惡魔腦) 사무조 장로였지."

"사무조……."

피월려는 몇 번이고 들었던 그 이름을 중얼거렸다. 능수지통의 아래라고 본인 스스로 인정했지만, 능수지통이 없는 지금 현 상황에서는 중원제일의 지략가라고 봐도 손색이 없었다.

그는 천마신교 유일의 정보 단체인 마조대(魔雕隊)의 수장으로 본래 성음청 교주를 섬기는 자였으나, 지금은 어느 세력에게도 속하지 않은 중도로 있다.

돈사하가 말했다.

"무조는 우리 상황뿐만 아니라 소을의 상황까지도 모조리 꿰뚫고 있지. 무조는 나와 소을, 둘의 화합이 필요한 시점이라 생각하여 그런 제안을 마조대를 통해서 나에게 했었어. 아마 소을에게도 했겠지. 하지만 원설이라는 여인의 죽음으로 완전히 끊겨 버린 소을과의 연대를 다시 잇기에는 역부족이라 생각해서 거절했었다."

돈사하가 거짓을 말하는가? 타심통으로도 돈사하의 마음은 엿볼 수 없었다. 돈사하 정도 되는 마음의 공부를 한 사람에게 진실과 거짓을 알아내는 건 거의 불가능에 가깝다.

우선 피월려의 감으로는 돈사하가 사실을 말하는 것 같았다. 그는 믿기로 결정하고 말했다.

"그럼 교주가 박 장로의 명령에 따른다는 말밖에 되지 않습니다. 둘의 관계가 상하 관계에 있지 않다면, 흑룡대의 철수를 교주가 명했을 리 없습니다."

"글쎄. 무조가 한 말을 통해 간접적으로 드러나는 걸로는 그렇게 보이지 않았어. 교주는 자기의 욕구를 채우는 것 외에 아무것도 관심이 없고, 실질적인 교주의 역할은 소을이 하고 있다는 것이었지. 무조의 표현을 그대로 빌리자면 말괄량이 딸과 그 딸을 어쩌지 못하는 아버지의 모습이라 했지."

"흐음……."

"그러니 교주가 흑룡대를 철수시킨 데에는 나 말고 다른 이유가 있을 거야."

"……"

돈사하는 차를 한번 홀짝이더니 툭하니 말했다.

"틀린 추측이지만, 내가 그런 제안을 받았다는 사실까진 밝혀내긴 했네? 솔직히 나는 월려가 묻는 순간, 천살가 내부에 배신자가 있는 건가 하는 생각까지 했어. 대단해, 역시."

"아닙니다."

"근데, 나도 물어보고 싶은 게 있는데."

"무엇을 말입니까?"

"혈단. 언제 만들 거야?"

"……."

"네가 이계에 가서 도통 나오지 못하니까, 참고 기다렸는데. 이젠 깨어났으니 지오하고 이야기해서 혈단 좀 만들었으면 하는데?"

피월려는 다행히 금강부동심법을 통해서 조금도 당황하지 않고 마음을 다스릴 수 있었다. 날카롭게 빛나는 돈사하의 눈빛은 의심이 가득했지만 그렇기에 마음을 아직 다 읽지 못했다는 걸 확신한 피월려는 조금 자신감을 얻었다.

"제갈극에게 물어보겠습니다."

"갈극이는 왜?"

피월려는 순간 무슨 말인지 못 알아들었다. 그러다가 이내 갈극이 제갈극을 말한다는 것을 깨닫고는 말했다.

"극이… 아닙니까?"

"알아. 그래서, 갈극이는 왜 갑자기 튀어나오는 거야?"

피월려는 더 말해봤자 소용이 없다는 걸 깨닫곤, 돈사하의 질문에 대답했다.

"제가 이계에 간 건 용안심공을 완전히 없애고 금강부동심법을 온전히 받아들이기 위해서입니다. 그걸 도와준 대가로 제갈극은 영안을 얻었고, 때문에 그의 상승한 술법을 이용하여 혈단을 제조할 수 있을 겁니다."

"지오가 그 제조 방법을 아는 것이 아니고?"

피월려는 진실 속에 진실을 숨겼다.

"알고 있습니다만, 그걸 스스로 할 수는 없습니다. 제갈극의 도움이 필요합니다. 때문에 이계로 간 것도 있습니다. 아직 그에게 물어보진 않아 정확한 시일은 모르지만, 나중에 기회가 되면 물어보겠습니다."

수염을 만지던 돈사하의 손길이 멈췄다.

"뭔가 속은 기분인걸?"

"불확실한 팻감을 쓴 건, 나 선배뿐만은 아니지 않습니까?"

"그야 그렇지."

피월려는 차로 목을 축이고는 말했다.

"암령가와 어떤 이야기가 오갔는지 알려주십시오. 그걸 알아야 제가 혼인을 수락할지 거절할지 결정할 수 있을 것 같습니다."

돈사하는 한동안 피월려를 바라보며 의심의 눈초리를 거두지 않았다. 하지만 이내 곧 아무것도 소용이 없다는 걸 깨닫고는 피월려를 따라 목을 축이더니 말했다.

"별거 없어. 색이(塞耳) 때 도와주겠다는 거야."

"색이라 함은?"

"듣지 않는 것이지. 교주의 말을."

"……."

"교주의 명령은 절대명령. 이를 듣지 않는다는 건 곧 본 교에 대한 반역이며 추살에 해당하는 죄지. 색이는 다른 말로 하면……."

피월려가 말을 뺏었다.

"반란(反亂)."

"우리 쪽 인사로 신물주를 내세워서 교주에게 정면으로 칼을 들이밀 거야. 그때 암령가는 우리 편을 들기로 한 것이지."

피월려는 조심스럽게 물었다.

"가능하겠습니까?"

"소을은 교주가 아니고 신물주지. 그를 죽일 때는 암살하든 합공하든 어떠한 종류의 방법을 동원하든 아무런 상관이 없어. 그 뒤에 교주를 노리는 건 쉬워. 시화마제는 싸움에 관해선 문외한이니까."

"그럼… 그 칼로는 누구를 내세울 생각이십니까?"

돈사하는 웃어버렸다.

"그걸 질문이라고 해?"

"……."

"이후, 사천에 가면 현천가하고도 이야기해 볼 생각이야. 마인 중의 마인인 현천가 가주는 박소을의 꼭두각시인 시화마제를 교주로 인정하지 않을 게 뻔하고 과거 있었던 일의 진실도 알려주면 즉시 우리 편에 들어설 거야. 그리고 보면 서쪽으로 오길 잘했어. 현천가가 도와준다면 정말로 일이 쉬워지지. 본부에 쓸 만한 대부분의 고수들은 현천가 출신이니까."

"그렇군요."

피월려는 말끝을 흐렸다.

돈사하가 물었다.

"뭔가 안색이 안 좋은데?"

"아닙니다."

"아무래도 부담스럽지? 내가 원하는 혈교주. 그리고 록쇄가 원하는 혈교주. 이 둘을 모두 이루기 위해선 이렇게 가는 수밖에 없어. 네가 입신에 오르고 교주가 되어서 혈단과 마단을 모두 만들어낼 수 있는 자가 되어야만 해. 그게 유일한 방법이지."

피월려의 굳은 표정은 펴지질 않았다. 그는 나지막하게 말했다.

"제가 반선지경에 오를 것을 모두가 믿는 것 같습니다."

"그야 월려와 일각만 대화해 봐도 알지. 그것만으로도 무공이 한 단계 상승해 버리니까."

"……."

"월려 주변에는 월려하고 무학을 논해서 급발전한 사람들이 많지 않나? 그럴 거 같은데?"

피월려는 고개를 끄덕였다.

"예, 있습니다."

"그거야말로 월려가 반선지경이라는 증거야. 무슨 이유에서인지 모르지만, 내공이 없을 뿐. 금강부동심법 때문인 것 같긴 한데, 개인적인 부분이니 건드리지는 않을게."

"……."

"우선 혼사는 받아들여. 암령가의 힘은 막강해. 내가 직접 말존대에 속한 암령가 마인들을 이끌 수 있다면 지금 당장이라도 박소을 암살하러 갈 수도 있을 정도니까. 여자 한 명 들이는 것으로 그들의 힘을 빌릴 수 있다면 빌리는 것이 좋지."

"그게 그리 쉬운 일이 아닙니다."

"왜? 교주가 눈에 밟히나?"

"……."

"그렇게 안 봤는데 말이지. 의외로 이상한 부분에서 약하네, 월려는."

피월려는 천천히 찻잔을 비우곤 내려놓으며 말했다.

"가서 암령가 가주께 말씀드리겠습니다."

"좋은 결정이야."

"그럼 쉬십시오."

피월려는 자리에서 일어나 포권을 취했고, 돈사하는 손을 흔들며 인사했다.

방 밖으로 나가자 시녀가 피월려에게 다가왔다.

"가주님께로 가시겠습니까?"

"제갈극이 어디 있소?"

피월려의 질문에 시녀가 대답했다.

"그분께서는 아직 부교주님과 계신 걸로 알고 있습니다."

"그쪽으로 가겠소."

"알겠습니다, 따르시지요."

시녀는 앞서 걸었고, 피월려는 그녀를 따라서 나지오의 방에 도착했다.

기별을 고하고 안에 들어서니 그곳에는 패천후도 자리하고 있었다.

나지오와 패천후는 바둑을 두고 있었는지, 그들의 중간에는 반쯤 진행된 바둑판이 있었고, 제갈극은 따분하다는 듯 그 옆쪽에 앉아 있었다.

피월려는 제갈극의 맞은편에 가서 앉았다.

"할 말이 있소."

나지오는 바둑판에 시선을 고정한 채 말했다.

"해."

패천후가 있음에도 이야기를 하라는 것을 보면, 그가 목당(目黨)에 들어온 것이 분명했다.

피월려가 말했다.

"혈단을 제조해야 하오. 가주의 의심이 커지고 있소."

나지오는 턱짓으로 패천후를 가리켰다.

"안 그래도 그 때문에 상단주도 여기 왔어. 혈단이 사기라는 것을 스스로 알아내곤 나를 반협박하는데. 아주 두 손 두발 다 들었지. 입신의 고수에게 협박질하는 걸 보곤 이놈도 인물이다 싶어서 받아줄라는데, 어때? 네가 볼 때 상단주는 목당에 받아들일 만해?"

피월려는 잠시 놀란 표정을 짓더니 패천후에게 물었다.

"어찌 알았소?"

패천후는 짐짓 거만한 표정을 지어 보이더니 바둑돌 하나를 내려놓으며 말했다.

"나도 나름 기술이 있소."

"……"

"내가 여기서 죽으면 바로 천살가 가주에게 혈단은 사기라는 정보가 흘러들어 갈 것이오."

피월려는 제갈극을 보고 나지오를 보았다.

둘 다 피월려에게 선택권을 맡기는 것 같았다.

피월려는 잠시 고민하다 말했다.

"환영하오, 목당에 들어오신 걸."

나지오는 바둑돌 하나를 내려놓으며 태연한 목소리로 말했다. 이미 피월려의 대답을 예상한 듯싶었다.

"뭐가 좋을까? 장사꾼이니까 재목(財目)은 어때? 아님 상목(商目)도 괜찮고."

패천후는 바로 바둑돌을 하나 놓으며 말했다.

"상목이 좋겠습니다."

"그럼 그걸로 해."

나지오의 말이 끝나기 무섭게 패천후가 광기 어린 미소를 얼굴에 그렸다. 그는 자리에서 벌떡 일어나 피월려와 나지오 그리고 제갈극을 향해 번갈아 포권을 취하며 말했다.

"크하하! 선배님들을 모시게 되어 영광이오! 이를 기념하여 이 후배가 한 가지 정보를 드리고자 하오!"

"……."

"……."

"……."

세 명이 하나처럼 그를 올려다보자 패천후가 피월려에게 고개를 돌리며 방긋 웃었다.

"피 형은 아마 천살가에게 살해당하실 것이오. 그 심장을 빼앗기 위해서 말이오. 이 후배는 그 정확한 시일에 대해 다 같이 한번 추측을 해보고 싶소!"

방그레 웃으며 쾌활하게 말하는 패천후를 보는 삼 인의 표정이 기이하게 일그러짐과 동시에 그 눈에 의문이 가득 생겼다.

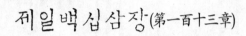

제일백십삼장(第一百十三章)

피월려가 혼인을 승낙한 다음 날, 일행은 암령가에서 떠났다. 그가 혼인을 승낙하느냐 아니면 승낙하지 않느냐에 따라서 모든 것이 결정되는 상황이었기에, 그것이 정해진 뒤에는 그곳에 더 있을 필요가 없었기 때문이다. 또한 갈 길을 지체해서 전혀 좋을 것이 없었다.

암령가의 시간은 낮과 밤이 바뀌었기에, 일행은 보통처럼 아침에 길을 나서지 않았다. 그들이 암령가에서 떠난 시각은 해가 막 저무는 술시 초. 암령가 가주 주세찬은 현천가의 영역인 사천에 들어설 때까지 암령가의 무사들로 길을 보호해

주겠다고 했으나, 피월려는 거절했다. 교주나 제삼의 세력에게 암령가와 천살가가 협력관계란 것을 확신시켜 주지 않는 편이 더 좋았기 때문이다.

하지만 피월려가 이미 암령가의 사위라도 된 것처럼, 주세 찬은 한사코 무인들을 보내겠다고 강경하게 주장하여 하는 수 없이 허락했다. 따라서 밖에 보이지 않기 위해서 최소한으로, 동시에 확실히 호위할 수 있는 천마급 무인 둘을 보낸 것이다.

한 명은 당연히 주소군이었고, 다른 한 명은 아무도 알지 못하는 여성이었다. 본부 내의 웬만한 인사는 모두 파악하고 있는 시록쇠도 그녀의 이름을 듣곤 알지 못하다가 별호를 듣고 겨우 한마디를 말할 수 있었다.

"한옥잠마(寒玉潛魔) 주령령. 어렴풋이 기억나는데. 내가 젊었을 적에 은퇴한 마인으로 알고 있다. 살아 있을 줄이야."

주소군의 말을 빌리면 그녀의 나이는 구십 이상. 암령가의 최고 어른으로, 어린 날 주소군의 오성이 바르게 인도되도록 가르쳤던 장본인이었다. 그녀의 존재감은 상당하여 나지오조차도 조금은 영향을 받는지 항상 넘쳐흐르던 자신감이 조금은 수그러들어 있었다.

그녀는 처음 그녀만이 아는 물길을 말해주고는 여행 동안 조용히 배 바닥에 있었다. 패천후는 그런 물길은 들어본 적이 없고, 있다 해도 보선이 지나갈 수 있을 정도로 크지 않을 것이라 했지만 몇 번 속는 셈 치고 그녀의 말을 따랐다가 놀라운 광경을 몇 번이고 목도하고는 말을 아꼈다.

그렇게 전에 패천후가 말한 물길과는 전혀 다른 방법으로 사천성 중경(重慶)에 도착하자 주소군과 주령령은 배에서 내렸다.

주령령은 일행과 눈도 마주치지 않았고, 인사도 하지 않았다. 다만 피월려를 조금 바라보다가 말했을 뿐이다.

"하 아의 눈에서 눈물이 나오면 네놈 사타구니에서 핏물을 뿜어내게 될 거다."

"……."

그렇게 말한 뒤, 그녀는 경공을 펼쳐 빠르게 벗어났다.

주소군은 당황한 표정이 역력한 채로 피월려와 일행들에게 말했다.

"어르신께서는 낯을 많이 가리세요. 이해해 주십시오."

나지오는 주령령의 뒤를 바라보며 어이없다는 듯 물었다.

"저게 낯을 가리는 거냐?"

"……."

"하여간, 지금까지 고생했다."

"아무런 일도 없었으니, 고생이랄 것도 없어요. 여기서부턴 암령가의 영역에서 벗어나니 저희는 돌아가겠어요. 현천가의 보호를 받을 수 있는 노주(瀘州)까진 뱃길로 홀로 가셔야 할 텐데……."

본래 그들은 이곳 중경에서 배를 버리고 사천성 성도로 가려 했다. 하지만 이제 막 사천의 영역을 얻게 되어 힘쓸 곳이 많은 현천가에서는 중경까지 그들을 호위할 인원을 투입할 수 없다고 못을 박았다. 따라서 노주까진 뱃길로 가기로 한 것이다.

나지오가 코를 매만지며 말했다.

"적이 공격한다면 이곳과 노주, 그 사이가 적기겠지."

"무운을 빌겠습니다."

"너도 조심히 돌아가고."

주소군은 포권을 여러 번 취하더니, 곧 주령령이 떠난 그 길로 경공을 펼쳐 날아갔다.

그들이 사라지자 패천후가 일행에게 말했다.

"앞으로 전투가 일어날 가능성은 구 할 이상이오. 여기서 노주까지 배는 전속력으로 달릴 것이오. 그러니 긴장을 늦추지 말고, 언제 전투가 일어나도 최고조의 상태로 있으셔야 할 것이오."

모든 이가 고개를 한 번 끄덕였다.

다들 서둘러 배에 탑승하자 배는 지금까지 움직인 속도에 두 배에 달하는 빠른 속도로 강물을 탔다. 배 속 이곳저곳에서 나무가 삐걱거리는 비명이 들렸고, 상하로 울렁거리며 속이 찌르르한 느낌이 계속되었다.

사람들은 각자 자기 방에서 심신을 다졌다. 자세에 영향을 별로 받지 않는 자들은 운기조식을 했고, 영향을 잘 받는 자들은 명상을 했다. 어떤 이들은 몸을 움직이며 땀을 뺐고, 어떤 이들은 아예 수면을 취했다.

피월려는 명상을 하는 쪽이었다. 제갈극은 배 주변을 경계하고자 갑판 위에 있었기 때문에 전처럼 깊이는 집중하지 못했다. 다만, 그가 저지른 살인 행각의 기억을 조금은 먼 곳에서 바라보면서 조금씩 그 기억에 익숙해지려고 노력했다.

여행 중 꾸준히 제갈극에 도움을 받은 그는 거의 대부분의 살생을 '참회'했다. 다만 몇 가지의 기억은 그가 참회하기 무척이나 어려운 것이었다.

그중 하나는 바로 자신의 안위를 위해서 낙양제일미 진설린을 죽였던 기억이었다. 몇 번이고 그 기억을 끝까지 마주하려 애를 썼지만, 결국 마지막까지 견디지 못하고 현실로 되돌아오기 일쑤. 때문에 피월려는 지금도 그 기억을 되살려 먼발치에서 바라보며 익숙해지고자 노력했다.

"명상 중이더냐?"

피월려는 누군가의 물음에 눈을 떴다. 앞을 보니 한 의자에 다리를 꼬고 앉은 악누가 보였다. 피월려는 포권을 취하며 말했다.

"안녕하십니까, 악 형주님."

"형주님 소리는 그만해라. 가족도 아닌 것이."

"……."

피월려가 보선에 탄 이후 처음으로 그와 대화하는 것이다. 지금까지 악누는 그와의 대면을 회피했는데, 아마 앞으로 누가 죽을지 모르니 마지막으로라도 인사하러 온 것 같았다.

삐걱거리는 나무 소리와 함께 울렁거리는 배 안에서 악누는 신경질적으로 중얼거렸다.

"균형이 자꾸 흐트러져 짜증 나는군. 가만히 있어도 심력이 낭비되고 있느니라. 이젠 바닥을 보이는지 머리까지 아파."

피월려가 대답했다.

"균형을 잡으려고 하지 마시고, 그저 맡기십시오. 멀미를 느끼시는 건 균형을 잃었다는 거짓 불안감으로 인해서 그런 것입니다."

악누는 피월려를 노려보았다.

"본좌가 그것을 모른다 생각하느냐? 다만 본좌는 한시라도 균형을 잡지 않으면 안 된단 말이다. 본좌처럼 타고난 균형 감각이 날카로운 사람은 그걸 일부러 둔감하게 만드는 게 얼마나 어려운 줄 아느냐? 쯧!"

"......."

"본좌는 배하고 정말 인연이 없지. 네놈은 이런 와중에 명상을 잘도 하고 있구나."

"아직 금강부동심법을 완전히 받아들이지 못했습니다. 참회의 과정을 거쳐……."

악누는 질렸다는 듯 손짓하며 피월려의 말을 잘랐다.

"무학을 나누는 짓을 하러 온 것이 아니다."

"그럼……."

"그냥 이야기나 하자는 거지."

"......."

"젠장. 괜히 왔군."

악누는 꼰 다리를 펴고는 자리에서 일어나려 했다. 그러자 피월려는 서둘러 그를 막고는 말했다.

"차라도 한잔하시고 가십시오."

"하! 속이 울렁거리는 이 와중에 차를 마시라는 거냐?"

"......."

악누의 표정이 밝아졌다.

그는 위를 보며 광소했다.

"클클클! 오랜만에 웃는구나. 가뜩이나 배에 있어 짜증 나는데 나름 기분이 좋아졌다."

"……."

"됐다. 얼굴 봤으면. 나가마."

악누는 웃음을 멈추고 자리에서 일어났다. 그러자 마음이 다급해진 피월려는 평소라면 절대 하지 않을 말을 꺼내고야 말았다.

"죄송합니다."

악누는 몸을 멈춰 세웠다.

"뭐가? 천살성이 아닌 게 말이냐?"

"……."

"뭐, 그래도 혈교주가 되면 결국 우리 식구 되는 거 아니냐? 그러니 미안해할 필요 없느니라."

피월려는 악누를 보았다.

악누는 정말 모르는 것 같다.

피월려는 한참을 고민했지만, 천살가 내에서 유일하게 그에게 정을 보여준 악누의 은혜를 저버리기 힘들었다.

"하나만 물어봐도 되겠습니까?"

나지막한 그의 목소리에 악누가 한쪽 입꼬리를 올렸다.

"그 버릇은 정말 어디 안 가는 구나. 그냥 물어보라니까."

피월려는 조금 뜸을 들이고 말했다.

"제게 정을 주신 이유가 뭡니까? 아니… 천살성이시면서 어찌 제게 정을 쏟으실 수 있단 말입니까?"

그의 질문을 듣자 악누의 다른 쪽 입꼬리가 같이 올라가 웃음을 만들었다.

"아직도 그걸 이해하지 못했느냐? 내가 네게 주저리주저리 떠든 게 얼마나 되는데?"

"……."

악누는 머리를 손가락으로 가리키며 말했다.

"간단히 말하면 의식적으로 하는 것이다. 의식적으로. 그리고 이해하는 것이다. 타인을 이해하고 타인에게 정을 베푸는 것이 궁극적으론 내 생존 확률을 올리는 것이란 것을. 그것을 머리로 정확히 이해하고, 또한 마음으로 확실히 믿는 것이지. 그게… 사랑 아니겠느냐?"

피월려의 입이 살포시 벌어졌다.

갑자기 사랑이라니?

악누는 두 손으로 자기 얼굴을 가리더니, 고개를 흔들며 믿을 수 없다는 듯 말했다.

"본좌가 노망이 들었나 보다. 멀미 때문인지도. 마지막 말은 못 들은 걸로 하거라. 행여나 다른 사람에게 말하면 그땐 네 놈 혓바닥을 뽑아버릴 것이니라."

몸을 돌리는 악누를 향해 피월려는 천천히 그리고 조용히 말했다.

"천살가 내에서 천살성이 무엇인지 가장 잘 이해하는 사람은 분명 형주님일 겁니다."

악누는 문가에 멈춰 선 채 말했다.

"내가 아는 인간 중에 '이해'라는 것을 가장 잘하는 네가 그리 말하니, 네 말이 맞겠구나. 본좌는 평생 천살성이 무엇인지에 관해 생각하며 살았다. 네 말을 들으니, 그동안 한 짓이 꼭 부질없지만은 않았구나."

"……."

"왜?"

침묵하는 피월려를 향해 악누가 되물었음에도 피월려는 계속 말없이 고민했다.

악누에게 진실을 말할 것인가, 말하지 않을 것인가. 악누가 진실을 모르는 것을 보면 돈사하나 시록쇠도 그가 피월려에게 가진 정을 염려한 것이 틀림없다. 따라서 여기서 진실을 말하면 그는 피월려의 편으로 돌아설 가능성이 있다.

하지만 만약 알고도 연기하는 것이라면? 피월려가 천살가의 속셈을 알고 있는지 떠보는 것이라면? 말할 수 없다.

그리고 말한다고 하더라도 악누가 천살가를 버리고 피월려를 선택한다? 말이 되지 않는다.

피월려는 고개를 저으며 말했다.

"아닙니다. 그저……."

갑자기 어디선가 큰 소리가 들렸다

삐이이익—!

제갈극의 신호.

악누와 피월려는 잠시 서로를 보았다가, 이내 급히 갑판 위로 뛰었다.

갑판 위에는 이미 거의 모든 사람들이 나와 있었다. 나지오도 있었고, 돈사하도 있었다. 선수(船首)에는 그들을 모두 부른 제갈극이 무현금을 안아 든 채 앉아 있었는데, 그는 한 손으로 배 앞쪽 하늘을 가리키고 있었다.

하늘엔 세 명의 사람이 세 마리의 말 위에 앉아 있었다.

공중에 떠 있는 그 말들의 신체는 뼈로만 되어 있었고, 그 두 눈은 선혈처럼 붉었다.

피월려는 그 말 위에 탑승한 세 명이 누군지 바로 알아볼 수 있었다.

"가도무! 진파진! 그리고… 미내로!"

마지막 이름에 눈썹을 찡그린 나지오가 피월려를 돌아보며 말했다.

"저 젊은 색목인 여인이 미내로 할망구라니?"

피월려는 대답 대신 가만히 그들을 관찰했다.

좌우에 조금 앞서 있는 가도무와 진파진의 이마에는 그들의 턱까지 내려오는 부적이 붙어 있었다. 핏기 하나 없는 그들의 살색은 더 이상 살색이 아니라 백색에 가까웠고, 입술은 하늘만큼이나 파랬다.

그리고 가운데에서 조금 뒤쪽에 위치한 미내로는 너무나도 아름다운 금발을 가진 미녀의 모습을 하고 있었다. 그 늙은 외관은 온데간데없어, 피월려 자신도 왜 그녀를 미내로라고 생각했는지 알지 못했지만, 이상하게도 그녀가 미내로라 확신하는 마음이 들었다.

미내로는 눈을 감고 끊임없이 무언가를 중얼거리고 있었다.

피월려는 중얼거렸다.

"린 매가 흑룡대를 철수시킨 이유가 이것이로군. 미내로 어르신께서 직접 나를 가져다주겠다고 약조한 것이야……."

나지오는 제갈극에게 다급하게 외쳤다.

"미내로라면 술법으로 공격할 것이다. 제갈극. 그 부분에 관해선……."

그 순간 미내로가 눈을 뜨며 외쳤다.

"파워―워드 킬(Power―word Kill)."

악누의 몸이 휘청거렸다.

피월려는 그의 앞에서 힘없이 뒤로 넘어가는 악누를 자기도 모르게 붙잡았다.

악누의 눈에서 생기를 전혀 찾아볼 수 없었다.

"……."

"……."

모두 그 자리에서 굳어 말이 없었다. 방금 일어난 그 일을 도저히 이해할 수 없었기 때문이다. 다만 아무도 이해하지 못한 그 상황을 제갈극만이 이해했다.

"주, 죽음을… 내렸다?"

나지오는 그 순간 그 자리에서 사라져, 진파진의 앞에서 나타났다.

나지오의 태극지혈에는 백색의 검강이 밝게 빛나고 있었다. 검강을 검신에 담은 강기충검이었다. 진파진이 그것을 인식했을 때, 그것은 이미 그의 목을 향해 떨어지고 있었다.

캉—!

나지오가 진파진의 목을 벨 것이라 믿어 의심치 않은 태극지혈이 놀랍게도 진파진의 살점 하나 자르지 못하고 튕겨 나왔다.

나지오를 포함한 모든 사람이 그 광경을 보고도 믿지 못했다. 단순 검기도 아닌 검강을, 그것도 단순 고수가 아닌 입신의 고수 나지오가 펼친 것을 아무런 기운도 없는 맨살로 튕겨 내는 것은 중원의 지식으론 절대로 이해할 수 없었다.

모든 이 중 가장 큰 황당함을 느낀 나지오는 불신이 가득 담긴 표정으로 자신의 태극지혈을 보았다. 그는 적을 보고 있어도 모자란 그 상황에서 태극지혈을 볼 수밖에 없었을 만큼 충격을 받았고, 그 점을 가도무는 놓치지 않았다.

'쉬익' 하는 소리와 함께 뒤에서 들리는 바람 소리를 나지오는 똑똑히 들었다. 그리고 그는 내력을 한계까지 끌어 올려 오행매화보(五行梅花步)를 펼쳤다.

쫘르릉!

가도무의 장풍(掌風)이 나지오에게 떨어졌지만, 그의 신체는 다섯 개의 꽃잎으로 화해 그중 하나만을 찢어놓았다. 진파진도 허리춤에서 검을 뽑아 휘둘렀고, 가도무도 또 한 번 장풍을 뿜어내 꽃잎 두 개를 더 없앴다.

남은 꽃잎은 두 개.

진파진과 가도무의 신형이 공중에서 흐릿해지고, 그 즉시 두 개의 꽃잎 뒤로 나타났다. 남은 두 개의 꽃잎을 향한 검과 손가락에 내력이 담기기 시작했다.

스릉!

진파진의 검에 의해서 깨끗하게 잘린 꽃잎 하나가 공중에서 사라졌다. 이후 진파진은 가도무를 보았는데, 가도무는 공중에 선 채로, 꽃잎을 가리키려고 손가락을 펴려 했다. 하지만 그의 손가락은 마치 거미줄에 걸린 벌레처럼 꿈틀거릴 뿐, 끝까지 펼쳐지지 못하고 있었다.

가도무는 손가락에 혈관이 우두둑 튀어나올 때까지 내력을 불어 넣었고, 그제야 겨우 손가락을 끝까지 펼칠 수 있었다.

그렇게 그의 손가락에서 가공할 지태(指颱)가 뿜어졌지만,

이미 꽃잎은 호승심이 가득한 표정을 짓고 있는 나지오가 되어 있었다.

나지오의 손가락에서도 지태가 뿜어졌다.

콰과광!

공중에서 일어난 폭발 속에서부터 사방으로 빛이 쏟아졌다. 그리고 마치 그 빛의 위를 뛰는 것처럼 진파진이 경공으로 나지오 쪽으로 치고 나왔다. 어느새 나지오의 코앞까지 오자 나지오는 이십사수매화검공(二十四手梅花劍功)을 펼쳐 그의 단전을 공격했다.

나지오가 검에 내력을 담고 전신으로 휘둘러 그 검끝이 진파진의 단전에 닿기까지, 자기 검에 내력을 모으는 진파진의 움직임에는 그 어떠한 변화도 없었다. 흡사 나지오의 행동을 전혀 알지 못하는 사람이 눈을 뜨고 기습이라도 당하는 것 같았다. 아니, 홀로 수련을 하듯 검을 내지르는 사람 같았다.

캉—!

'젠장'이라는 말이 입까지 올라온 나지오는 왜 진파진이 나지오의 검격을 전혀 신경 쓰지 않았는지 알 것 같았다. 어차피 자신의 피부를 뚫지도 못하는 검을 겁내서 무엇 하겠는가?

진파진의 검에서 서서히 황룡의 윤곽이 드러나기 시작했고, 그것을 회피할 방법이 없었던 나지오는 숨을 내쉬며 호신강기를 내뿜으려고 준비했다. 그런데 그런 나지오의 눈에 우연치 않게 들어오는 것이 있었다.

나지오는 내력을 다시 다스려 보법을 펼쳐 뒤로 물러났다. 당연하지만, 완전한 모습을 갖춘 황룡에게 그 정도의 속도는 정지한 것과 진배없는 것! 황룡은 그대로 나지오를 잡아먹을 기세로 따라 날아갔다.

턱이 찢어질 듯 벌려진 입은 한순간에 나지오의 몸을 잡아먹을 듯했다. 그렇게 황룡이 나지오를 먹기 일보 직전, 갑자기 온몸이 비틀리며 소리 없는 비명을 지르더니 공중에 우두커니 멈춰 섰다.

나지오도 진파진도 그 황룡을 옭아맨 그물을 보곤 그것을 따라 시선을 옮겼다. 두 시선이 도착한 곳은 배 위. 정확하게는 양손을 어정쩡하게 올린 채, 눈을 감고 혼신을 담아 집중하고 있는 돈사하였다.

황룡은 몸을 흔들며 그 그물에서 벗어나려 했다. 하지만 그러면 그럴수록 그물은 황룡을 더 옥죄는 것도 모자라서 그 크기 자체를 서서히 반감시키기 시작했다. 그렇게 서서히 황룡의 크기는 작아졌고, 곧 무(無)가 되었을 때 돈사하가 눈을 떴다. 그의 두 눈엔 묘한 황금빛이 맴돌고 있었다.

"생각보다 양이 많아. 배부른걸?"

진파진의 신형이 흐릿해졌다. 하나 그 즉시 그의 앞에 나타난 나지오의 검이 떨어지자 흐릿해진 신형이 다시 선명하게 변했다.

캉—!

나지오는 느껴지는 반발력을 몸으로 흡수하지 않고 튕겨져 나가는 태극지혈을 버렸다. 대신 보법을 펼쳐 진파진의 검격을 피하는 것과 동시에 그의 품 안으로 파고들었다. 그리고 그의 가슴과 단전에 양 손바닥을 가져다 대고는 가공할 매화장공(梅花掌功)을 펼쳤다.

'퍼억' 하는 소리와 함께 진파진의 몸이 활처럼 휘며 조금 들렸다. 그리고 그의 내부에서부터 바람이 사방으로 빠져나가기 시작하자 그 힘에 밀려 쭉 뒤로 날아가기 시작했다.

나지오가 뒤를 보자 배 위로 떨어진 가도무가 돈사하에게 거대한 장풍을 내지르고 있었다. 나지오가 중얼거렸다.

"흐음. 내 몫은 진파진까지야. 나 없이 가도무와 미내로를 감당하지 못하면, 어차피 패배."

나지오는 아래로 손을 뻗으며 깔끔하게 몸을 돌렸다. 그러자 땅으로 떨어지던 태극지혈이 갑자기 멈추더니 스스로 상승하여 나지오의 손에 쥐어졌다. 그것은 내력과 심력을 이용하여, 닿지 않는 먼 거리의 물건을 의지로 옮기는 허공섭물(虛空攝物)이다.

나지오는 온전히 진파진에게만 집중하기로 결정했다. 그는 어느새 공중에 멈춰 선 채, 검으로 황룡을 내뿜는 진파진을 보며 중얼거렸다.

"황룡검이 정말 없는 게 다행이군. 있었으면 꼼짝없이 당했겠어. 하지만 그 대신 검강도 못 뚫는 피부를 얻었다고 생각하면… 흐음, 대략 비슷비슷해. 일단 저 피부의 비밀부터 풀어야겠어."

나지오는 태극지혈을 양손으로 잡고 그 속에 이십사수매화검공의 오의(奧義) 매화만리향(梅花萬里香)을 담아 그에게로 날아오는 황룡을 반으로 잘라 버렸다. 그리고 그 사이를 뚫고 진파진에게 쏜살같이 날아갔다.

*　　　　*　　　　*

경공의 최고 경지인 허공답보(虛空踏步)를 넘어서, 입신의 경공이라는 능공허도(凌空虛道)를 자유자재로 펼치며 싸우는 나지오와 진파진을 바라보며, 피월려 일행은 말 그대로 바라보는 것 외에 아무것도 할 수 없었다. 공중을 마치 땅처럼 밟아가며 싸우는데, 배 위에 선 그들이 할 수 있는 것이 무엇이란 말인가?

또한 미내로와 제갈극의 싸움에도 영향을 미칠 수 없는 건 마찬가지다. 그들은 자기 자리에 고정된 듯 앉아서 쉴 틈 없이 주문을 읊어대며, 보이지 않는 좌도의 싸움을 하고 있었다. 하지만 겉으로는 아무 일도 없는 것처럼 보여, 좌도를 모르는 일행이 해줄 수 있는 것이 아무것도 없었다.

다만 그들 중 사정거리가 가장 먼 장거리 무기를 가진 돈사하만이, 그의 날카로운 감각으로 적시적소(適時適所)에 그의 망사를 뿌려 나지오를 도와줄 뿐이었다.

그런데 그것이 화근이 되었는지, 나지오를 공격하려던 가도무의 시선이 돈사하를 향했다. 가도무가 그를 먼저 처리해야 한다고 판단한 것이다.

가도무는 공중에서 일직선으로 내려와 배 위로 안착했다.

"……."

"……."

가도무를 보며 모든 이들은 말을 하지 못했다. 그가 누군지 알았기에 더더욱 그랬다.

항상 진득한 마기를 사방으로 뿜어내며 날아가는 파리에도 살기를 쏘던 가도무. 그는 천살가 내에서도 꺼려지는 자로, 천살가에 있을 때는 지마급이어서 겨우 그의 행동을 제한할 수 있었다. 만약 그가 천마급이었다면, 돈사하는 말을 듣지 않는 그를 죽였어야 했을 것이다.

폭력에 의한 지배 외에는 어떠한 지배도 받지 않았던 그는 가족들을 상대로도 살기를 전혀 감추지 않았고, 금제도 전혀 신경 쓰지 않았다. 결국은 음양전에 쳐들어가 음양전주를 죽이는 중죄를 저지르고 모든 것을 다 배제한 채, 힘을 갈구하며 추구하다가 천살성의 흔해 빠진 말로(末路)를 답습하고 죽었다 알려졌다.

하지만 이렇게 강시가 되어서 나타날 줄이야. 가도무의 핏기 하나 없는 몸은 참으로 묘했다. 또한 살기와 마기가 완전히 갈무리된 그의 모습에 모든 이들은 하나같이 이질감을 느꼈다. 체격과 얼굴은 완전히 가도무의 그것이었지만, 내뿜는 기운이 너무나도 달라서 그런지 도저히 그로 생각하기 어려웠다.

가도무는 양손을 뒤로 쭉 뻗었다가 나비의 날갯짓처럼 앞으로 크게 휘저었다. 그러자 사람의 몸만큼 거대한 장풍이 그의 앞에서 생성되어 돈사하에게 날아가기 시작했다. 그 장풍을 본 돈사하의 열 손가락이 각각 다른 생명체인 것처럼 기이하게 움직였고, 그에 따라 그의 망사가 움직여 장풍을 붙잡았다.

장풍과 망사(網絲)는 돈사하와 가도무의 중간에서 서로 씨름을 했다. 불규칙적으로 크기가 늘었다 줄었다를 반복하는데, 전체적으로 봤을 때는 서서히 줄어들고 있었다. 그리고 그 크기가 완전히 사라져 돈사하가 망사를 거둘 때까지, 가도무는 그들을 바라보고만 있었다.

행여나 가도무가 돌아와 공격할까, 시록쇠는 돈사하의 좌측에, 다른 천살가 마인들은 우측에 섰지만 가도무는 그 자리에 뿌리를 내린 것처럼 가만히 서 있었다. 그래도 그들은 긴장을 늦추지 않고 가도무에게 온 신경을 쏟았다.

시록쇠가 가도무에게 시선을 거두지 않으며 돈사하에게 말했다.

"일단 강시는 맞는 것 같소, 형님. 제갈극이 무방비인 것이 문제인데, 강시인지라 그가 얼마나 중요한지 눈치채지 못하는 것 같소."

실제로 제갈극의 위치는 일행보다 가도무에게 더 가까웠다. 다만 가도무는 가만히 앉아 무현금을 연주하고 있는 제갈극을 전혀 인식하지 못하고 있었기에, 그를 공격하지 않고 있었던 것이다. 만약 미내로와 제갈극이 소리 없는 싸움을 하고 있다는 걸 가도무가 알았다면, 이미 제갈극을 향해 장풍을 내뿜었을 것이다.

돈사하는 손가락을 굽혔다 펴며 대답했다.

"도무는 전투적인 감각만 남아 있는 강시야. 우리가 먼저 갈극에게 신경 쓰지 않는 한 그의 중요성을 모를 거다. 우리가 갈극을 나무짝처럼 취급하면 그에게도 나무짝이야."

시록쇠는 고개를 끄덕이며 슬쩍 뒤로 시선을 돌렸다.

그곳엔 악누의 맥을 짚고 있는 피월려가 있었다.

"악가 놈은 어떠냐? 정녕 그내로 죽은 것이냐?"

피월려는 눈썹을 모으며 나지막하게 말했다.

"확실히 맥은 뛰지 않고 체온은 떨어지고 있는 것이 죽은 이의 그것과 같습니다. 다만 이상한 점이 있습니다."

"뭐냐?"

"혼이 육신에 남아 있습니다."

"뭐?"

"둘의 연결선이 끊어졌을 뿐, 혼이 육신에서 떠난 것이 아닙니다."

"그걸 어찌 알아?"

"금강부동심법으로 압니다."

"……."

"제갈극이라면 분명 다시 되돌릴 수 있을 겁니다. 하지만 그 전에 육신의 기능이 하나씩 죽어가기 시작하면 어느 선부 턴……."

"무슨 말인지 알겠다."

시록쇠는 다시 가도무에게 시선을 돌리며 돈사하에게 말했다.

"아까 태룡마검의 강기충검까지 튕겨내는 것을 보니, 우리로선 절대 벨 수 없는 피부요. 형님에겐 무슨 다른 수단이 있소?"

"나야 원래 망사로 제압해서 기를 빨아먹으니 예기(銳氣)에 면역인 피부라도 상관없어. 다만 예기로 승부하는 아이들은 뒤로 빠져서 차라리 피월려를 보호해. 록쇠 네 도도 무용지물이니, 차라리 빠져서 악누의 육신에 기를 불어 넣고 있든지."

그의 말을 듣자 시록쇠를 포함한 상당수의 천살가 마인들이 무기를 거두고 피월려를 호위하듯 빙 둘렀다. 시록쇠는 피월려에 맞은편에 앉아 악누의 머리와 단전에 손을 올리고 천천히 내력을 불어 넣어 죽어가는 육신의 기능을 하나하나씩 보완하기 시작했다.

그렇게 남은 건 돈사하를 포함해서 여섯. 돈사하는 마기를 극한으로 끌어 올리며 다섯 마인에게 말했다.

"우리를 공격하지 않고 가만히 있다는 건, 둘 중 하나. 이대로 흘러가다간, 귀목선자가 갈극이를 이기든, 파진이 지오를 이기든 한다는 뜻이지. 속전속결로 가야 하니, 아슬아슬한 단계까지 폭주시켜 도무를 공격해. 내 망사로 그를 붙잡을 수 있다면, 일은 쉽게 끝날 거야. 도무도 날카로운 게 없으니, 내 망사를 뚫어낼 재간이 없을 테니까."

철조(鐵爪)를 옆으로 버리고 철편(鐵鞭)을 양손으로 집어 든 흠진이 돈사하에게 말했다.

"어떻게 하면 되겠습니까?"

"숨 한번 들이쉴 시간 동안 그를 한자리에 묶어놓으면 돼."

"……"

"……."

모두 말하지 않자 흠진이 대표로 말했다.

"다섯 중 둘 이상은 죽을 겁니다."

"부탁해."

냉정한 그 말. 하지만 그런 희생이 없다면 어차피 몰살될 것이 뻔하다.

흠진이 포권을 취하자 다른 천살성 마인도 포권을 취하며 그를 따라 말했다.

"존명."

"존명."

그 뒤, 흠진과 네 명의 천살성 마인이 서로를 바라보며 섰다.

흠진이 말했다.

"오늘부로 생일순이다. 그럼 내가 세 번째군. 맞나?"

네 명의 천살성 마인들은 고개를 끄덕였다.

천살성은 기본적으로 자기 자신의 목숨을 최우선으로 둔다. 금제와 교육을 통해서 가족을 향한 마음을 인공적으로 만들기 때문에, 전투 중에 서로의 뒤를 봐주는 희생정신을 기대할 수 없다. 따라서 싸우기 전에 미리 각자 목숨의 가치를 정하는데, 보편적으로 쓰이는 방법은 바로 그날 이후로 돌아오는 생일순으로 따지는 것이다. 이는 본능과 감성으로 서로를 생각할 수 없는 천살성들이 이성적이고 객관적인 판단에 의해서 그들의 합공을 최고조로 끌어 올리기 위한 오랜 천살가의 전통이다.

서로 목숨의 가치를 확인한 천살성들은 각자의 무기를 꺼내 들고 가도무에게 돌격했다.

가장 먼저 선두에 선 것은 흠진으로 그의 철편은 마치 물고기의 비늘처럼 연결되어 있어 부드럽고 매서운 공격을 일 장 밖에서 여유롭게 할 수 있었다. 우선 적당한 거리를 유지하며 흠진이 가도무의 시선을 빼앗고, 그사이 근거리 무기를 가진 네 명의 천살성이 파고드는 전술이었다.

흠진이 철편을 휘둘러 가도무를 공격했다. 가도무는 철편이 그의 몸에 떨어지자 굳어 있던 오른팔을 갑자기 움직여 빠르게 장풍을 쏘았다.

그러자 쏜살같이 날아가던 철편의 속도가 급감했고, 이에 가도무가 양손으로 그 철편을 꽉 붙잡았다.

가도무의 마기가 폭발함과 동시에 엄청난 악력으로 철편을 잡아끌었다. 흠진 또한 마기를 한계까지 폭주시켜 철편을 잡곤 놔주지 않았다. 팽팽하게 당겨진 철편의 양쪽으로부터 점차 차오르는 두 가지 내력이 그 중심에서 만나자 그 순간부터 철편은 보이지 않는 속도로 진동하기 시작했다.

"큭."

손잡이가 달달 떨리기 시작하며 손아귀의 가죽을 벗겨내려 하자 흠진은 조금 내력을 돌려 손아귀를 보호했다. 하지만 가도무는 강시의 단단한 피부로 인해 내력을 낭비할 필요가 없었다. 그 미묘한 순간을 놓치지 않은 가도무는 마음껏 철편에 내력을 불어 넣어 흠진의 내력을 밀어냄과 동시에 더욱 안쪽으로 그를 잡아당겼다.

흠진의 몸이 붕 떠올랐다. 이내 천근추의 수법으로 몸을 무겁게 만든 흠진이 쿵 하고 바닥에 떨어지자 갑판의 나무가 둘로 쪼개지면서 무너져 내리기 시작했다. 흠진은 발을 통해서 그 쪼개진 바닥까지도 내력을 불어 넣어 가도무의 힘에 저항했다. 마기로 내력을 증폭시킨 터라 내력은 충분했다.

계획대로 흠진이 가도무의 시선을 완전히 빼앗았기에, 네 명의 천살성은 무사히 가도무의 앞까지 도달할 수 있었다. 더불어 가도무의 양팔까지 봉쇄돼서, 한 번에 그를 공격하는 데 큰 무리가 없었다.

둔탁한 네 무기가 가도무의 사방에서 떨어지자 가도무의 두 눈동자가 그 네 무기를 번갈아 보았다. 마치 곤충의 그것처럼 양쪽이 따로 움직이며 파르르 떨리는데, 그 괴상망측한 모습은 인간의 그것이 아니었다.

쿠— 쿵!

네 번의 타격이나, 하나의 소리처럼 크게 울렸다. 전신에서 흑색 빛을 은은하게 내뿜은 가도무는 반탄지기를 이용하여 네 무기의 내력을 모두 벗겨냈다. 그러나 무기 자체는 어찌할 방도가 없어 그대로 몸으로 맞았던 것이다. 인간이라면 사지가 뒤틀리는 충격을 받았겠지만, 강시이기 때문인지 아무런 영향이 없는 듯 보였다.

가도무는 철편을 붙잡고 있던 양손의 검지를 살짝 폈다.

피— 슛!

피— 슛!

지풍에 관자놀이가 뚫려 버린 두 천살성이 그대로 꼬꾸라졌다. 그들은 네 방향 중, 가도무의 두 손가락이 가리키는 방향을 맡았던 두 명이었다. 그렇게 그들의 희생을 통해 겨우 가도무를 묶어둘 수 있었다.

은밀히 망사를 조종하던 돈사하가 눈을 뜨며 양손을 아래로 크게 휘저었다. 그러자 완전한 원의 형태를 갖춘 돈사하의 망사가 가도무의 머리 위로 떨어졌다.

쉬리리릭!

회전하며 물방울처럼 된 망사는 그대로 가도무의 몸을 휘감았다. 흠진은 철편을 버렸고 살아남은 두 천살성은 뒤로 물러났다. 가도무는 사방으로 지풍과 장풍을 쓰며 망사를 밀어내려고 했지만, 강기가 가득 담긴 망사는 꿈쩍도 하지 않았다. 가도무가 힘을 모아 지태와 장태를 날려 강기를 밀어내도, 역시 금세 강기가 채워진 다른 부분으로 대체되었다.

흠진은 그 놀라운 광경을 바라보며 자기도 모르게 입을 벌렸다.

물건에 온전히 강기를 불어 넣기 위해서는 그 물건과 내가 하나가 되는 심상의 과정을 거쳐야 한다. 검을 예로 들자면 바로 신검합일이다. 이러한 과정은 단순한 물건도 매우 어렵기 때문에 복잡한 장치를 가진 무기와는 인간의 수명 안에, 하나가 되는 것이 거의 불가능하다.

남들이 보기엔 복잡하기 짝이 없는 철편을 사용하는 흠진도 천신만고의 노력 끝에 도달한 경지다. 그런 그가 보기에도 돈사하의 독문무기인 망사는 그 복잡도에 있어서 중원 모든 무기 중 단언 최상. 그런 망사가 자신의 몸처럼 느껴지기까지 돈사하가 얼마나 오랫동안 망사를 붙들고 있었을지 감도 오지 않았다.

"볼 때마다 경이롭군. 모태에서부터 실을 가지고 놀았어야… 쿨컥."

피를 한 사발 내뱉은 흠진은 그제야 자기가 극심한 내상을 입었다는 걸 깨달았다. 그도 그런 것이 강시가 되기 전에 이미 천마급에 이르렀던 가도무를 상대로 순수한 내력 싸움을 했다. 아무리 짧은 순간이었다 해도 가도무의 힘을 이기기 위해서 천근추까지 사용하며 억지로 철편을 붙잡았으니, 사실 목숨을 잃을 만한 상황까지 가도 할 말이 없다.

그는 즉시 가부좌를 틀고 앉아 내력과 마성을 다스렸다. 어차피 다스리지 못하면 죽음을 면치 못하기 때문이다.

망사는 점차 크기가 작아져 가도무의 몸에 딱 알맞을 만큼 작아졌다. 그리고 그 위로 겹겹이 쌓여 가도무의 모습이 점차 사라졌는데, 나중에는 조금씩 꿈틀거리는 검은 형태의 보따리만이 남게 되었다.

돈사하는 다리에 힘을 주고 망사를 크게 휘저었다. 그러자 그 검은 보따리가 하늘로 높이 솟구쳤다가, 피월려의 앞에 쿵 하고 떨어졌다. 피월려는 주저앉았고, 시록쇠는 얼른 악누를 들어다가 뒤로 넘어지며 그것을 피했다.

"마, 말이라도 하시오, 형님!"

시록쇠의 불평에도 돈사하는 말 한마디 하지 않았다. 아니, 못 했다.

피월려가 돈사하를 자세히 보니, 이를 악물고 몸을 바들바들 떨고 있었다. 아마 한계까지 내력을 사용하여 망사를 다루고 있는 것 같았다.

피월려가 말했다.

"가도무 아, 아닙니까? 이걸 어떻게… 아, 신검!"

돈사하가 고개를 살짝 끄덕였다.

피월려는 얼른 품속에서 소소를 꺼냈다. 그러자 그의 두 눈엔 선명한 역화검이 보였다.

그는 역화검을 들고 꿈틀거리는 검은 주머니를 보며 집중했다. 그러자 그 속에 있는 가도무가 서서히 투영되기 시작했다. 심검이 휘둘러졌고, 검은 주머니와 함께, 가도무의 이마에 붙어 있던 부적이 횡으로 잘렸다.

치이이익—!

찢어진 곳에서 검은 연기가 뿜어져 나와 피월려를 덮치더니, 곧 하늘 위로 솟아오르기 시작했다. 그에 따라 주머니가 점차 꺼져 들어가는데 그 안에 있어야 할 가도무는 보이지 않았다.

피월려가 시선을 움직여 그 검은 연기를 따라가 봤다. 그 연기는 마치 바람에 빨려들어 가듯 한곳으로 향했는데, 그곳엔 해골마(骸骨馬) 위에 앉아 있는 미내로가 양손을 앞으로 뻗고 있었다. 그리고 그 양손 앞쪽으로 연기가 서서히 모여들며 사람의 형태를 갖추기 시작했다.

돈사하는 망사를 거두더니, 격한 숨을 내쉬며 이마에서 땀을 쓸어내렸다.

"후우… 어렵군."

"참격(斬擊)과 타격(打擊)에 동시에 면역일 수 없다."

갑작스러운 목소리에 배 위에 모든 이가 제갈극을 돌아봤다. 제갈극은 눈을 뜨고 미내로를 바라보며 다시 한번 말했다.

"강시의 피부 위엔 술법이 적용되어 있다. 참격에 대한 면역. 혹은 타격에 대한 면역. 내가 간파한 원리상 이 둘은 동시에 할 수 없는 술법이야. 누가 전음으로 태룡마검에게 이 말을 전해주거라. 참격이 아니라 타격으로 공격하라고."

그 말을 듣자 자리에서 일어난 시록쇠가 공중에서 진파진과 혈전을 벌이고 있는 나지오에게 즉시 전음을 전했다.

피월려가 제갈극에게 물었다.

"가도무는 어떻게 됐소?"

"네 심검으로 인해 죽었지만, 저자가 다시 살리는 듯하다."

"되살리는 술법을 막을 순 있겠소?"

제갈극이 고개를 저으며 말했다.

"술법을 방해하기 위해선 적어도 한 번은 완성되는 걸 내 눈으로 직접 봐야 해. 그렇게 영안으로 술법의 원리를 어느 정도 파악해야, 두 번째 때나 방해할 수 있다."

피월려가 악누를 바라보며 다시 물었다.

"그럼 악 형주님은? 살려줄 수 있소?"

"혼과 육이 끊어진 것뿐이니 이으면 그만이긴 한데, 문제는 시간이다. 일순간 죽음을 내리는 그 술법을 막을 방도가 없는 한, 내가 치료하다가 저 색목인이 부활을 먼저 끝맺으면, 한 명은 필사(必死)이니라."

"……"

"일단 저 강시를 부활시키는 술법을 파악하는 데 집중하고 싶다. 그동안 저자의 집중을 막을 수 있으면 좋겠는데, 아무것이라도 좋으니 저자를 공격할 수 있는 사람이 있느냐?"

배와 미내로와의 거리는 적어도 삼십 장 이상. 유일하게 가능한 돈사하는 살짝 고개를 흔드는 것으로 자신의 상태를 말했다.

시록쇠가 도를 손에 가져가 끌어 올리며 말했다.

"전력으로 도강을 뽑는다면 노부가 할 수 있다."

피월려는 손을 들어 그를 말렸다.

"순수한 기로 된 것은 아무런 의미가 없을 겁니다, 형주님. 그건 술법 없이 그저 바라보는 것만으로 소멸시켜 버립니다."

"……."

시록쇠가 아무런 말을 못 하자 그때까지 상황을 지켜보던 패천후가 말했다.

"내가 해보겠소, 도움이 될지 모르겠지만."

그는 고개를 돌려 신호했다. 그러자 눈치 빠른 하인 한 명이 그에게 활과 화살을 주었다. 패천후는 그 활시위를 당겨 화살을 걸면서 말을 이었다.

"쓸모없으리라 생각하지만, 그래도 요행이 있으면 좋겠소."

패천후는 그가 가진 내력을 한껏 화살에 담았다. 그리고 활시위를 놓자 화살은 포물선을 그리면서 미내로에게 날아갔다.

방향과 속도는 좋았지만, 범인의 수준을 크게 웃도는 정도는 아니었다.

팡.

미내로의 몸에 닿기 일보 직전, 화살은 작은 소리를 내며 튕겨 나갔다. 그때 공중에 생긴 육각형의 방막(防膜)은 반투명한 백색을 띠고 있었는데 금세 그 색이 투명하게 변해 아무것도 보이지 않게 되었다.

"닿지도 못하는군."

패천후는 얼굴을 찌푸리며 팔을 내렸고 모두 말이 없었다.

다만 제갈극이 무언가 보이는지 눈초리를 좁히더니, 패천후에게 손짓하며 말했다.

"다시 쏴보거라."

제갈극은 그렇게 말한 후 무현금을 집어 들고 연주를 시작했다. 패천후는 영문을 몰랐지만, 제갈극의 말대로 화살을 한번 더 쐈다.

역시 포물선을 그리며 멋지게 날아간 화살.

그 화살은 그대로 미내로의 어깻죽지에 박혀 들어갔다.

"끼악!"

미내로는 날카로운 비명을 지르며 그 해골마 위에서 낙마하여 아래로 추락했다. 이제 막 가도무의 모습을 갖추기 시작한 검은 연기는 금세 흐려지며 공중에서 사라졌다. 또한 해골

마도 점차 투명해지면서 그 존재가 옅어졌다.

풍덩.

강 아래로 빠진 미내로를 보며, 모두 서로의 눈치만 보았다.

"……."

"……."

"……."

너무나 허무한 결말에 다들 말을 잇지 못하자 제갈극이 누워 있는 악누에게 다가가며 침묵을 깼다.

"눈빛으로 초절정고수를 죽이더니, 화살 하나에 무력화되고… 과연 그런 것인가……."

피월려는 미내로가 빠진 강물을 의심스러운 눈초리로 바라보며 말했다.

"겨우 어깨 부상만 당했으니, 아직 모르오."

"겨우 어깨라니? 술법을 행하는 데 필요한 심력이 얼마나 큰 줄 아느냐? 화살이 어깨에 박힌 고통이면, 실력이 이 할 이하로 떨어질 거다. 저자는 무인이 아니야, 학자(學者)지. 중원의 잣대로 적의 실력을 평가하지 마라."

"……."

제갈극은 계속 중얼거렸다.

"그리고 무슨 술법인지 모르겠지만, 강 아래에 빠진 즉시 순간이동(瞬間移動)했다. 어깨를 치료하고 다시 올 때까진 꽤 시간이 있겠지. 순간이동하는 그 요상한 술법도 똑똑히 봐두었으니, 다음에 오면 도망가지 못할 거다. 아니, 그걸 그쪽도 눈치챘을 테니 아마 죽음이 두려워서 오지 못할 수도 있겠어. 엄청난 술법사임은 논란의 여지조차 없지만, 뒤에서 구경만 하는 걸 보면 목숨을 걸고 전투를 속행하는 싸움꾼은 결코 아니다."

제갈극이 악누의 이마에 손을 올렸다. 그리고 한 손으론 무현금을 품에 안아 들고 뭐라고 더 중얼거리기 시작했다. 그러자 악누가 즉시 입을 살짝 벌리더니 깊은숨을 들이쉬기 시작했다. 마치 지금까지 마시지 못한 공기를 모두 마시겠다는 듯, 가슴이 가득 부풀어 오를 때까지 숨을 마셨다.

그때였다.

쿵!

선미 한쪽에 그대로 꼬라박힌 나지오의 오른손은 태극지혈로 뚫려 있었고, 왼손은 기이한 각도로 꺾여 있었다. 그의 두 눈은 뒤로 뒤집혀 흰자를 드러내고 있었다. 기절한 것이다.

그 광경은 모든 이의 느슨해진 긴장의 끈을 팽팽하게 잡아당겼다.

모두 하나처럼 하늘을 올려다보았다. 그곳에선 팔짱을 낀 진파진이 그들을 거만한 시선으로 내려다보고 있었다.

배의 선두에 신선처럼 내려온 진파진은 양손을 앞으로 뻗었다. 장풍이 날아올 것을 예상한 돈사하는 망사를 다루어 그 앞에 펼쳤지만, 진파진이 펼친 것은 장풍이 아니었다.

"노 마나 존(No Mana Zone)."

"······."

"······."

설마 진파진이 이계의 술법을 쓸 줄은 몰랐던 터라, 그 말을 들은 제갈극조차 놀라 눈을 크게 떴다. 모두 자신과 서로를 번갈아 보았지만, 눈에 확 들어오는 변화가 없어 그것이 무슨 술법인지 알지 못했다.

그중 바로 눈치챈 사람은 피월려와 돈사하뿐. 피월려는 소소에 덧씌워진 역화검의 흔적이 완전히 사라진 것을 보았고, 돈사하는 공중에 뿌려놓은 망사에 담긴 내력이 깨끗하게 씻겨 나가 완전히 힘을 잃은 것을 느꼈다.

둘이 동시에 말했다.

"내력이 없어졌다?"

"진기(眞氣)가 사라졌다?"

독백과도 같은 두 물음을 들은 모든 이는 각자 자기의 무기에 내력을 불어 넣어 보았다. 하지만 마치 대기에 빨려가듯 금세 사라져 없어졌다. 몸 안에 있는 내력은 그대로지만, 외공을 통해 밖으로 꺼내는 순간 무로 돌아가 버리는 것이다.

제갈극은 눈을 좁히고 무현금을 한번 연주해 봤다. 하지만 그의 귀에는 아무런 소리도 들리지 않았다.

"무현금이 들리지 않는군."

패천후가 물었다.

"그야… 현이 없지 않소?"

제갈극이 대답했다.

"내 심상에는 들려야 한다."

"……."

"대자연의 기의 유동성이 사라지고 고정된 이상, 내가 할 수 있는 게 없다. 이렇게 되면 이자를 살리는 것도 불가능하겠어."

때마침 진파진은 허리춤에 맨 철검을 꺼내 들고 피월려를 노려보더니 곧 뛰기 시작했다.

쿵! 쿵! 쿵!

무용지물이 되어버린 돈사하의 망사를 이리저리 헤치며 달리는 진파진은 어느새 피월려의 앞까지 당도했다. 하지만 도를 꺼내 든 시록쇠가 그사이에 파고들더니 도를 아래에서 위로 휘둘러 진파진의 앞길을 막았다.

부우웅!

무거운 도를 매섭게 매도하는데도 진파진은 시록쇠가 아예 없는 것처럼 신경 쓰지 않고 계속 달렸다.

캉!

허리춤에 부딪친 도가 튕겨 나오자 그 반발력을 이어받은 시록쇠가 회전하며 몸을 낮추었다. 그와 동시에 다리를 아래로 뻗어 진파진의 다리를 걸었다.

픽!

진파진이 크게 휘청거리며 앞으로 털썩 주저앉았다. 대신 강시의 강력한 힘을 그대로 맞아야 했던 시록쇠의 종아리도 꺾여, 그 뼈가 부러진 채 살점을 뚫고 밖으로 튀어나왔다. 극심한 고통이 몰려왔지만, 시록쇠는 아랑곳하지 않고 도를 한 번 더 휘둘러 진파진의 이마를 공격했다.

진파진은 철검을 들고 시록쇠의 도를 쳐냈다.

캉!

몸을 공격할 때는 신경도 쓰지 않더만, 이마를 공격하니 막아낸다?

시록쇠는 고통을 참아가며 외쳤다.

"크으, 역시! 어서 저 부적을 공격해라!"

그때까지 이 황당한 상황을 이해하지 못해 갈피를 잡지 못하던 십여 명의 천살성들의 눈빛에 살기가 돋아났다. 그들은 시록쇠의 말이 떨어지기 무섭게 앞다투며 진파진에게 달려들었다.

사방에서 쏟아지는 무기를 본 진파진은 주먹을 높이 들었다가 갑판을 내려쳤다.

우지끈!

완전히 조각난 갑판을 뚫고 진파진의 몸이 아래로 추락했다. 때문에 그의 부적을 노리던 열 몇 개의 병기들이 서로 부딪히며 불똥을 만들었다. 그렇게 바닥이 크게 울렁이자 다들 뛰어서 진파진이 추락한 구멍 속으로 몸을 던졌다.

"크악!"

"컥!"

두 번의 비명 이후에는 더 비명이 이어지지 않았고, 오로지 철과 철이 부딪히는 소리만 연속적으로 울렸다. 처음 들어간 두 명이 진파진의 검격을 몸으로 받아주었기에 이어서 들어간 천살성이 그를 포위할 수 있었던 것이다.

돈사하가 피월려에게 말했다.

"내력을 담지 못하면 망사는 아무 쓸모가 없는데, 당황스럽네."

피월려도 어깨를 들썩이며 말했다.

"심검도 마찬가지입니다. 지금 전 범인만도 못합니다."

돈사하가 양팔을 돌리면서 힘없이 갑판 위에 떨어진 망사를 수거했다.

"오히려 다행이라고 봐야 해. 내력이 무한한 입신의 고수를 상대로는 차라리 서로 내력을 못 쓰는 게 낫지. 그럼 어찌 비벼볼 순 있으니까."

하지만 그 말이 끝나기 무섭게 또 한 번의 비명이 아래에서 울렸다. 입신의 감각과 강시의 몸을 가진 진파진이 열 명의 천살성을 모두 도륙할 것은 불 보듯 뻔한 것이며 단순히 시간문제일 뿐이다. 돈사하의 말대로 그들은 비벼보는 것 외에 아무것도 하지 못할 것이다.

피월려가 말했다.

"부적만 공격이 유효하다는 점이 너무 큽니다. 이젠 그 단단한 피부를 어찌할 방도가 없습니다."

돈사하는 고개를 저었다.

"아니야. 부적 하나만 베면 되니까 더 쉬울 수 있어. 한 가지 물어볼게. 아까 보니, 파진은 월려에게 가장 먼저 달려들었는데, 그 이유가 뭐라고 생각해? 강시인 그가 왜 월려를 가장 먼저 위협적인 인물이라 판단했을까?"

피월려가 대답했다.

"심검 때문이 아니겠습니까?"

"그건 자기가 술법으로 없애 버렸잖아."

순간이지만, 타심통으로 진파진의 마음을 살짝 엿봤던 피월려가 대답했다.

"그 사실을 스스로 인지하지 못하는 듯합니다. 오로지 제가 가장 큰 위협이라는 생각만이 머릿속에 가득했었습니다."

돈사하는 고개를 갸웃했다.

"묘하네. 전투적인 부분의 사고력은 입신의 그것이 분명했는데. 그런 간단한 인과관계조차 이해를 못 하다니."

"애초에 내력을 못 쓰게 만드는 그 술법을 쓴 것도 제 심검 때문일 겁니다. 그것만이 자기 몸에 상처를 낼 수 있는 유일한 수단이니 말입니다."

"흐음, 무슨 말인지 알겠어. 인과관계를 생각할 줄은 모르고 그저 당장 감각에 잡히는 것에만 반응할 줄 아는 것이군. 주인이 사라져서 그런 건가?"

자리에서 일어나는 돈사하의 눈빛은 깊었다. 피월려는 그에게 어떤 수단이 있으리라 짐작하고는 물었다.

"진파진을 상대하실 수 있겠습니까?"

"살기를 잘 다뤄 미끼처럼 쓰면 충분히 가능할 것 같긴 해. 일단은 말이지."

"……."

그렇게 대답한 돈사하는 고통에 신음하고 있는 시록쇠에게 다가가며 제갈극에게 물었다.

"악누는 어때?"

제갈극은 고개를 흔들며 자기 앞에 있는 악누를 내려다보았다.

"술법을 펼친 그 강시가 죽기 전까진 치료하는 것이 불가능할 듯하다. 이자의 목숨을 살리고 싶거든 그를 빨리 죽여야 할 것이다."

돈사하는 시록쇠의 다리를 붙잡고는 힘껏 잡아당겼다. 그러자 튀어나온 뼈가 안으로 쏙 들어갔다. 시록쇠는 입을 벌리고 소리 없는 비명을 컥컥거리며 질렀다. 돈사하는 아랑곳하지 않은 채, 상처에 손을 집어넣어 뼛조각을 하나하나 맞추었다. 시록쇠의 눈깔이 뒤집히려는데도 돈사하는 태연하게 말을 이었다.

"그러면 천후가 도와줘야겠어. 구멍 쪽으로 파진을 유인할 테니, 화살로 부적을 맞힐 수 있겠어?"

패천후는 활을 잡은 손에 힘을 주며 말했다.

"거리가 짧다면 할 수 있습니다."

"그럼 부탁할게. 구멍을 향해서 조준하고 있다가 진파진의 몸이 고정되면 이마의 부적을 향해서 쏴."

그 말을 들은 피월려가 자신의 생각을 말했다.

"심검이 아니면 없애지 못할 수도 있습니다."

돈사하는 고개를 흔들었다.

"공격에 면역이 되는 그 술법도 아마 사라졌을 거야. 그러니 록쇠의 공격에 반응하여 부적을 보호했겠지. 내 생각인데, 지오의 검강까지 막았던 그 단단함은 몸을 보호하는 술법으로 인한 것이고 지금은 강시 본연의 단단한 피부밖에 없을 거야. 그럼 부적은 무방비지."

"그건 진파진이 인과관계를 이해할 수 없다는 가정 아래 추측한 것입니다. 그 가정이 틀렸다면……."

"죽겠지, 뭐. 새삼스럽게."

뼛조각을 다 맞춘 돈사하는 신음하는 시록쇠의 어깨를 툭툭 쳐주고는 구멍으로 갔다.

그리고 그 속으로 떨어지며 중얼거렸다.

"망사 없이 싸우는 게 얼마 만인지……."

그렇게 돈사하는 구멍으로 모습을 감추었다.

"……."

"……."

패천후와 피월려는 서로를 보며 침을 삼켰다.

피월려가 먼저 말했다.

"활을 쓰는지 몰랐소."

패천후는 긴장한 표정에 억지로 미소를 지으며 대답했다.

"난 잠자리를 위해서 몸이 건강해지는 내공만 깊이 익혔을 뿐이오. 궁술도 취미로 익힌 것이지, 제대로 익힌 외공은 없소. 잠자리 이외에 땀 흘리는 걸 워낙 싫어해서 말이오."

피월려는 이 상황에 농을 하는 패천후의 여유가 마음에 들었다. 피월려가 포권을 취하며 말했다.

"상단주에게 이번 싸움의 승패가 달려 있소. 부탁드리겠소."

패천후는 더욱 깊은 미소를 짓더니 화살을 활시위에 걸고 구멍을 노려보며 말했다.

"피 선배에게 그런 말을 들을 줄은 몰랐소. 맡겨주시오. 취미로 익히긴 했지만, 비싼 돈 주고 좋은 선생에게 배웠으니, 뭐 쓸모는 있을 거요. 아까도 보지 않았소?"

피월려는 패천후가 미내로의 어깨를 화살로 맞췄던 그 기억을 떠올렸고, 자연스레 패천후의 그때 당시 마음도 기억났다.

피월려가 패천후를 따라 미소 지었다.

"어깨가 아니라 머리를 노렸다는 점만 뺀다면 확실히 대단한 실력이오."

패천후의 미소가 흔적도 없이 증발했다.

"아니, 삼십 장이나 넘어가는 거리 아니오? 각도도 하늘을 향해 있었고. 피 선배가 그리 말하면 이 후배가 얼마나 섭섭한 줄 아시오? 그 정도 해내는 거……."

패앵―!

패천후는 활시위를 놓았고, 화살이 떠나 구멍 속으로 들어갔다. 피월려에게 보이는 각도에선 그 구멍 안까지 보이지 않아 일이 어떻게 되었는지 알 수 없었지만, 환해지는 패천후의 얼굴을 보곤 성공했다는 걸 간접적으로 알 수 있었다.

치이이익―!

검은 연기가 그 구멍에서 빠져나와 하늘 위로 솟구쳤다. 그 검은 연기가 패천후를 지나가자 그는 코를 부여잡더니, 활을 버리고 입까지 틀어막고는 그대로 주저앉아 헛구역질을 했다.

그러곤 기어코 토사물을 뱉어냈다.

"우웨웩! 우웩!"

그가 속에 있는 모든 것을 다 게워낼 때까지, 천살성들과 돈사하가 하나둘씩 구멍 밖으로 나왔다.

그들 중 정상인 사람은 아무도 없었다. 적어도 다리를 쩔뚝 거리거나 팔을 부여잡을 정도의 경상을 입은 사람이 열 명 정도 되었고, 나머지는 사지 하나를 잃어버리거나 배가 뚫려 다른 이에게 들려 올려왔다.

처참한 몰골이 된 돈사하도 오른팔에 힘이 없는지, 입으로 그 팔을 물고 있었다.

기의 움직임이 돌아온 것을 느낀 제갈극은 악누의 이마에 손을 올리고 다른 손으로 무현금을 연주하기 시작했다.

싸움이 끝났다는 걸 깨달은 하인들과 시녀들은 서둘러 배 안으로 들어갔다. 그들은 최고급 명주천과 최고급 금창약(金瘡藥)을 가지고 와 부상자들에게 나누어 주었다. 세 미녀 중 한 명은 물 잔을 들고 패천후 앞에 서 있었는데, 구토를 모두 마친 패천후는 그 물 잔을 들고 벌컥벌컥 들이켰다.

그러곤 피월려에게 말했다.

"으… 피 선배는 어떻게 고약한 냄새를 견딘 것이오?"

피월려는 살포시 웃었다.

"몸이 쇠하여 미각도 후각도 별로 남은 게 없소."

"젠장. 아니, 그렇다고 해도 그 냄새를 조금이라도 맡았다면 절대로 그리 편안하게 있으실 수 없… 제, 제발 아니라고 해주시오."

말을 하는 도중, 피월려의 시선이 묘하게 하늘 위로 올라가며 표정이 굳어지는 것을 본 패천후의 얼굴이 울상이 되었다. 그는 질렸다는 듯 한숨을 내쉬곤, 실낱같은 희망을 품었다. 그리고 피월려의 시선을 따라 획 하니 고개를 뒤로 돌려 하늘을 보았다.

희망은 처참하게 무너졌다.

적어도 백 장의 길이는 넘어 보이는 아득한 하늘 저편에, 미내로가 해골마 위에 앉아 있었다. 그녀는 지팡이를 하늘 높이 들고 주문을 읊고 있었는데, 그녀의 머리 위로 검은 불길이 이글거리는 화염구(火焰球)가 생성되더니, 서서히 그 덩치가 커지고 있었다.

"……."

"……."

"……."

마치 참새 새끼들이 어미 새를 찾듯, 모두 하나처럼 제갈극을 보았다. 평생 듣도 보지도 못한 좌도의 술법으로 연거푸 공격을 당하다 보니까, 무의식적으로 다들 제갈극에게 의존하게 된 것이다.

제갈극은 품속에서 종이학을 꺼내 하늘로 날렸다. 그러자 그 몸집이 거대해져 전에 보았던 태학(太鶴)이 되었다. 그것이 고운 날개를 가지런히 내리자 그것을 타고 위로 올라가며 제갈극이 말했다.

"심력이 동난 자들은 저자의 시선에서부터 벗어나라. 그 즉살술법(即殺術法)에 가장 먼저 희생될 것이다. 본좌는 저자를 막으러 가겠다."

패천후가 제갈극을 올려다보며 말했다. 그의 손가락은 나지오를 가리키고 있었다.

"차라리 부교주를 치료하는 것이 좋지 않겠소? 입신의 고수인 그라면 뭐라도 해줄 수 있을 것이오."

"저쪽에서 저 흑염구(黑炎球)를 쏘고 난 뒤, 기를 고정시키는 술법을 바로 뒤에 펼치면 어차피 치료를 끝마치지 못한다. 본좌는 기를 고정시키는 그 술법을 방해할 자신이 없고 또 방해할 수 있다 해도, 방해하는 그동안은 어차피 치료를 못 한다. 또한 날아오는 흑염구는 무슨 수로 막을 것이냐?"

"……."

"다른 수가 없어. 직접 저자를 상대하여 끝내는 수밖에."

제갈극이 태학의 목을 쓰다듬자 그 태학은 다른 쪽 날개를 피월려 앞에 내렸다. 누가 봐도 피월려보고 올라타라고 하는 것인데, 멍한 표정으로 깊은 생각에 생각을 더하던 피월려는 그 사실을 눈치채지 못했다.

제갈극이 그를 부르려는데 갑자기 피월려가 먼저 제갈극을 올려다보며 물었다.

"심력이 없는 자가 먼저 죽는 것이오?"

"무조건 그런 것은 아니지만, 효율을 따졌을 땐 심력이 바닥인 자를 죽이는 것이 훨씬 더 수월하니 그리 말한 것이다."

피월려는 태학 위에 올라탈 생각을 전혀 하지 못한 채 낮은 목소리로 중얼거렸다.

"그렇다면 심즉살(心卽殺)이로군."

"심즉살?"

"그렇소. 심즉살. 그것과 같은 원리일 것이오."

그의 말을 이해하지 못한 제갈극은 다급한 목소리로 피월려에게 말했다. 검은 화염으로 타오르는 화염구가 이미 그들이 타고 있는 보선만큼이나 거대했기 때문이다.

"무슨 생각을 하는지 모르겠지만, 우선 어서 타라. 네 심검이 없으면 저 흑염구를 어찌할 길이 없다."

퍼뜩 정신을 차린 피월려는 서둘러 날개 위로 올라갔다. 그가 완전히 타기도 전에 태학은 하늘 높이 날아올랐고, 때문에

피월려는 태학 위에서 꽤 고생하여 제갈극 뒤로 겨우 탑승할
수 있었다.

보선과 흑염구의 중간쯤까지 날아갔을 때, 피월려가 반쯤
농담으로 물었다.

"솔직히 그냥 도망가는 건 줄 알았는데, 정말로 저걸 심검
으로 베라는 것이오?"

제갈극이 대답했다.

"기절한 태룡마검만 아니었다면, 진작 그렇게 했겠지. 또한
패천후도 앞으로 제갈세가에 귀중한 자산이 된다. 따라서 여
기선 도주하는 것보다 보선을 보호하는 것이 더 이익이다."

제갈극이 도주하지 않은 것이 정말로 철저한 계산 뒤에 한
행동이라는 것을 깨달은 피월려는 어이없다는 듯 말했다.

"대단하시군. 지금까지 같이 싸우면서 뭔가 느끼는 거 없었
소?"

"순간적으로 같은 위협을 공유하여 생기는 동질감 또한 생
존을 위한 것. 내가 도주하여 생명을 보존할 수 있다면 필요
없는 것이지. 계산에 넣을 가치도 없는 것이다."

"……."

"잡소리는 그만하자. 네 심검은 본인의 내력을 쓰지 않고,
주변 대자연의 기운을 끌어다 쓰는 것이 맞느냐?"

피월려는 그것이 그의 무학에선 내외공의 합일을 뜻한다는

것을 깨닫고는 말했다.

"그것을 어찌 알았소?"

"심검이 생성되고 소멸되는 과정을 한번 지켜보니 알게 되었다."

"영안의 힘이오?"

"그것과 내 오성 그리고 무현금까지 합한 결과지."

"……."

"걱정 마라. 본좌는 그것을 제대로 술법화시키기 전엔 흉내 낼 수도 없고, 흉내 낸다고 하더라도 고작 일검(一劍)이 끝일 것이다. 대신 네가 펼친 심검을 증폭시킬 수는 있다."

"증폭이라 함은?"

"저 흑염구를 베어버릴 정도의 크기로 키우는 것이다."

"……."

"술법이란 몸에서 생성한 내력이 아니라 대자연의 기운을 그대로 이용한다. 다만 심력으로 흐름을 비트는 것이지. 마찬가지로 심검에 필요한 재료는 내력이 아니라 대자연의 기운. 그러니 본좌가 그것을 조달하겠다. 그러니 심검을 펼쳐, 저 흑염구를 가르자."

피월려는 창창한 하늘을 어두운 빛으로 물들일 정도로 강렬하게 타오르는 흑염구를 바라보았다.

가까이서 보니, 정말 말로 표현하기 어려울 만큼 막대하다.

그것은 한눈에 들어오지도 않아, 피월려는 몇 번이고 고개를 움직여야 했다.

"대자연의 기운 자체는 무한하게 공급할 수 있을지 모르지만, 그것을 움직이는 데 필요한 심력은 스스로 감당해야 할 것이오."

제갈극은 품에 안은 무현금을 더욱 꽉 안으며 나지막하게 대답했다.

"안다. 내 전력을 다할 생각이다."

"……"

"저 술법사도 목숨을 걸고 이곳에 왔다. 나도 걸어줘야지."

피월려는 그의 앞에 앉은 작디작은 제갈극의 등을 바라보았다. 날카로운 바람에 휘날리는 옷과 머리카락은 딱 어린아이의 그것 이상도 이하도 아니었다.

피월려는 웃었다.

"호승심이오?"

제갈극은 말없이 있다가 말했다.

"호승심은 무인에게만 있는 것이 아니다. 학자에게도 있지."

"하하하."

"웃지 마라."

"하하하."

"웃지 말라니까!"

제갈극은 몸을 반쯤 돌리면서 피월려에게 빽 하고 소리 질
렀다. 이제 보니, 그의 두 눈은 작게 충혈되어 있었고 당장에
라도 눈물을 떨어뜨릴 것처럼 글썽거렸다.

화가 난 것일까? 질투가 난 것일까? 그도 아니면, 두려운 것
일까?

피월려가 부드럽게 말했다.

"걱정 마시오."

"……."

피월려는 제갈극의 머리를 쓰다듬으며 지나쳤다.

그리고 천천히 걸어 태학의 머리 위로 올라갔다. 그러자 태
학은 알아서 날개를 쫙 펴고 공중에 부유하여 움직임을 최소
화했다.

양쪽 눈을 마구 비빈 제갈극이 피월려의 뒤를 따라 올라가
자 피월려가 말했다.

"오는군."

제갈극이 눈을 들어 봤다. 흑염구가 전보다 더 빠른 속도
로 거대해지고 있었다. 크기가 커지고 있는 것이 아니라 거리
가 가까워지고 있었던 것이다.

"빨리! 저자가 대자연의 기를 고정시키기 전에!"

제갈극의 재촉에 피월려는 소소를 하늘 높게 꺼내 들었다.

그리고 뒤를 슬쩍 보며 제갈극에게 물었다.

"준비되었소?"

제갈극은 긴장한 표정으로 겨우 고개를 끄덕였다. 그러다가 갑자기 무언가 생각났는지 소소를 막 휘두르려는 피월려의 옷깃을 잡아당겼다.

피월려가 다시 돌아보자 제갈극이 말했다.

"잠깐, 한 가지!"

"말하시오."

"융중산 중턱에 미 누님의 묘를 만들었다. 살아남는다면 한번 가보거라."

"……"

"혹시 몰라 말해주는 거다."

피월려의 얼굴에 따뜻한 미소가 지어졌다.

"같이 가도록 합시다, 제갈극 어르신."

피월려는 높게 뻗은 소소를 양손으로 잡고 위에서 아래로 휘둘렀다.

그러자 하늘이 잘렸다.

제일백십사장(第一百十四章)

피월려는 심상의 세계를 탐험했다.

전에는 참회의 시도조차 하지 못했던 강렬한 살생의 기억들을 하나둘씩 타파해 나가면서, 서서히 정복해 나가기 시작했다. 원래라면 정신적 상처를 남긴 그 순간의 장면을 마주했을 때 현실에서 깨어나는데, 지금은 다시 시작부터 기억이 반복될 뿐 현실에서 깨어나지 않았다.

그것들은 지금까지 몇 번이나 보려 했지만, 그로 인한 정신적인 상처가 너무 깊어 도저히 볼 수 없던 기억이었다. 지금은 육신이 온전하지 못해 정신이 머릿속에 갇힌 상황이니 피월려는 반복 훈련을 통해 끝까지 자신의 기억을 마주할 수 있었다.

그렇게 하나둘씩 모두 '참회'하고 나니 결국 마지막 두 개가 남았다. 피월려는 우선 그중 약한 것을 골라 그의 눈앞에 펼쳤다.

'아직도 도망가지 않았소?'

젊은 피월려는 물었고, 마차 속의 진설린은 대답했다.

'그대가 죽는 모습을 보아야 하니까요.'

옥구슬이 흘러가는 듯한 목소리에 젊은 피월려의 표정이 사뭇 진지해졌다.

'그대는 호위 무사를 너무 믿었소. 나를 물리치기는커녕 황룡무가의 무인들이 도와주러 올 만한 시간조차 벌지 못했으니.'

잠깐의 침묵이 흘렀다.

'그들은… 충성스러운 무인들이었어요.'

'약한 무인이오. 나오시오. 마차를 더럽히고 싶지 않소.'

진설린은 마차에서 모습을 드러냈다.

천상의 미.

생전 처음 보는 아름다움에 젊은 피월려의 마음은 성욕으로 가득 찼다. 진설린은 복면을 뚫고 젊은 피월려의 눈빛을 통해 그것을 정확히 간파했다.

그녀는 보통의 여자와 달랐다. 힘으로 완벽하게 우위에 있는 젊은 남성. 그 남자가 마음속으로 품은 더러운 음심을 보았음에도 그것을 두려워하며 떨거나, 경멸하며 내재된 분노를 더 키우지 않았다. 그저 그것을 어떻게 이용할지만을 생각했다.

늙은 피월려가 먼 곳에서 젊은 피월려와 진설린을 관찰했다. 젊은 피월려의 눈빛은 음심으로 탁했지만, 진설린의 눈빛은 영롱했고 순수했고 깨끗했다. 그녀는 죽음을 직감하여 그것을 그대로 받아들일 만큼 고결한 마음의 소유자임과 동시에 그 긴박한 상황에서도 육신이 더럽혀지지 않을 수 있는 방법을 떠올릴 수 있을 만큼 지혜로운 정신의 소유자였다.

'지금껏 그대의 눈동자만큼 깊은 것을 본 적이 없어요.'

멀리서 그 말을 들은 늙은 피월려는 자기도 모르게 웃어버렸다. 저 눈빛이 깊다니? 진설린은 마음에도 없는 말로 피월려를 칭찬하여, 강하지만 젊고 혈기 왕성한 낭인의 가벼운 마음을 한껏 위로 띄운 뒤에, 차가운 물을 끼얹어 자신을 바라보게 만들었다.

'당신도 내 몸을 원하나요?'

무심하고 또 무심한 목소리. 용안심공을 통해서 진설린의 마음과 생각을 전해 받은 피월려는 그녀의 무심한 소리 속에 담긴 각오를 읽었다. 그것은 내 몸을 강제로 취한다 하더라도 나는 아무것도 느끼지 않을 것이라는 각오였다.

부끄러워하지도 않을 것이고, 분노를 표하지도 않을 것이며, 경멸하지도 않을 것이고, 심지어 자포자기조차 하지 않을 것이다. 그저 바람을 지나 보내는 것처럼 이번 일도 지나 보낼 것이다.

그 딱딱한 마음의 소리는 젊은 낭인의 마음을 크게 뒤흔들었다.

젊은 피월려의 눈빛에는 수치심이 가득 찼다. 그는 겨우 입을 열어 말했다.

"덕분에 정신이 맑아졌소."

진설린의 심장을 젊은 피월려의 검이 꿰뚫었다. 진설린은 입가에 피를 흘리며 쓰러졌다.

일검즉사(一劍卽死).

어찌 보면 가장 깨끗한 죽음이다.

진설린은 그렇게 자기가 가장 바라는 방법으로 죽었다.

젊은 피월려는 한동안 그녀의 시체를 내려다보며 격한 숨을 내쉬었다.

그럴 만하다.

무기하나 들지 못하는 나약한 여인을 일말의 자비도 없이 죽이다니.

세상에서 다시없을 만큼 아름다운 여인을 취하지도 못하고 죽이다니.

선을 표방하는 양심도, 악을 표방하는 욕망도, 모두 피월려의 행동을 질책하고 힐난했다. 그러니 젊은 피월려는 격한 숨을 내쉴 수밖에 없었을 것이다.

그 장면을 바라보던 늙은 피월려도 똑같이 역시 숨을 깊게 들이마셨다가 내뱉었다.

그리고 기억은 또다시 처음부터 재생되기 시작했다.

늙은 피월려는 그렇게 진설린을 살해한 것에 대한 '참회'의 시간을 가졌다. 수십 번이고 바라보며 그 당시 스스로의 생각과 감정을 다시금 냉정히 판단하여 해석하고 또 그것을 그대로 받아들였다. 그리고 그 과정을 통해 그의 정신에 깊이 났던 그 상처를 점차 옅게 만들었다.

손상된 부위에 딱지가 지고 회복하며 생긴 상처를 다시 원래대로 되돌리기 위해선 그 상처를 다시 찢어놓아야 할 필요가 있다. 피월려는 자기 자신의 추한 모습을 수십, 수백 번이고 봐야 했다. 오랫동안 괴로운 시간 속에서 스스로의 마음을 갈고닦으며 진설린을 살해했던 그날 생긴 마음의 상처를 다시 헤집었다.

그렇게 몇 번이고 마주하며 자신의 마음에 생긴 상처를 원상 복귀시켰다. 결국 완전히 극복했을 때, 늙은 피월려는 다음 기억으로 넘어갔다.

지금껏 바라볼 시도조차 하지 못한 그 기억. 그에게 가장 깊고 깊은 상처를 남긴 그 기억이 눈앞에 펼쳐졌다.

'검선이 오고 있으니까 빨리 내… 제, 제갈미?'

제갈미의 몸이 아래로 추락하는 것을 본 젊은 피월려의 표정에는 그 어떠한 감정도 떠올라 있지 않았다. 어떤 감정으로도 그때 그가 느끼던 그 기분을 표현할 수 없었기에, 아무 감정도 표현되지 못한 것이다.

피월려의 몸에선 하늘에 미치는 마기가 폭발하듯 뿜어졌다. 그의 모세혈관이 피부 아래에서 모조리 터져 피부 안쪽을 붉게 적셨고, 뼈와 근육이 완전히 뒤틀리며 그 대가로 엄청난 가속도를 선사했다.

그렇게 기이한 모습이 된 젊은 피월려는 사람의 형태를 유지하며 얻을 수 있는 속도를 초월해 제갈미를 따라 추락했다.

하지만 추락한 이후부터는 젊은 피월려도 어찌할 방도가 없었다. 그가 가진 모든 근육과 뼈가 꿈틀거리며 어떻게든 추락 속도를 높여보고자 안간힘을 썼지만, 추락하는 그 속도 자체를 몸의 형태를 변화시키면서 더 얻을 수는 없었다.

사람의 형태에서 크게 벗어난 젊은 피월려는 급기야 하늘로 강렬한 마기를 쏘기 시작했다.

외공을 통한 것이 아닌 내력 그대로의 순수한 기를 마구 발산했는데, 그래도 추락하는 속도는 늘어나지 않았다. 기는 운동량을 동반하지 않기 때문이다.

어떠한 방도를 동원해도 추락하는 제갈미의 속도를 따라잡을 수 없었던 젊은 피월려. 그를 보며 늙은 피월려는 가슴이 찢어지는 걸 느꼈다.

"천근추의 수법을 썼더라면… 아! 갈(喝)!"

늙은 피월려는 가슴과 머리를 부여잡으며 또다시 외쳤다.

"갈(喝)! 갈(喝)! 갈(喝)!"

그렇게 몇 번이고 스스로에게 호통을 치자 물밀듯 몰려오는 후회를 겨우 막아낼 수 있었다.

후회를 하며 다른 방법을 모색한다는 것 자체가 바로 과거의 기억을 받아들이지 못한다는 증거. 그것에 취해 스스로의 기억에 개입할 경우, 그 기억에 빠져 절대 헤어 나오지 못하게 된다. 본인이 절실히 원하는 결과를 기억에 반영하면 그것이 현실이 되어버리고 그러면서 그 아름다운 결과에 취해 버리기 때문이다.

늙은 피월려는 눈을 들어 기억을 보았다.

막 젊은 피월려가 천근추의 수법을 사용하여 제갈미의 육신에 손이 닿았다.

있을 수 없는 일이다.

이미 늦은 것인가?

늙은 피월려는 눈을 감으며 외쳤다.

"갈(喝)!"

젊은 피월려는 경공을 펼쳐 추락하는 속도를 줄임과 동시에 제갈미를 안아 들었다.

역시 있을 수 없는 일이다.

"갈(喝)!"

제갈미는 힘없이 웃으며 젊은 피월려에게 말했다.

'왜 구해주고 난리야. 누가 구해달래.'

피월려도 마주 웃었다.

'나도 모르겠다. 몸이 그냥 움직였어.'

제갈미가 피월려의 가슴을 콩 하고 치며 말했다.

'죽으려던 날 멋대로 살렸으니까, 책임져.'

피월려는 코웃음을 쳤다.

'뭐야? 지금 너 나하고 살자고 말하는……'

늙은 피월려는 가슴을 부여잡고 큰 소리로 외치며 흐느꼈다.

"가— 알! 갈! 갈! 가… 갈. 제, 제발… 제발. 제발."

제갈미와 젊은 피월려는 동시에 늙은 피월려를 돌아봤다.

제갈미가 말했다.

"왜 그래? 뭐 하러 그렇게 고통을 받아? 그냥 여기 있어. 멍청하기는!"

제갈미의 목소리가 선명하게 들린다.

너무나도 그리운 그 목소리.

늙은 피월려는 양 귀를 틀어막고 흐느끼다시피 중얼거렸다.

"갈. 갈. 갈……."

"괜찮아. 그냥 여기 있자."

"갈. 갈. 갈."

"괜찮대도?"

피월려는 미친 듯 소리쳤다.

"가아아알! 가아아알! 가아아알!"

"……."

"가아아아아아아아아아아아알!"

그렇게 얼마나 더 외쳤을까. 지친 그가 고개를 들었을 때, 젊은 피월려는 완전히 으깨진 제갈미의 두개골을 맞추고 있었다. 그의 얼굴에는 절망감이 가득했다.

돌아왔다.

늙은 피월려는 심호흡을 하고 그 광경을 다시금 지켜봤다.

두개골을 맞추던 젊은 피월려의 표정에 갑작스러운 안도감이 떠올랐다. 그러곤 갑자기 분노를 내지르며 말했다.

'하, 아, 하하, 하아! 너! 제갈미! 미쳤어? 진짜 미쳤어? 어떻게 이런 장난을 칠 수 있지? 어?'

젊은 피월려는 안도의 한숨을 후 하고 내쉬고는, 양팔을 뒤로 뻗어 기둥 삼아 앉았다. 그러곤 짜증 난다는 듯 고개를 흔

들혼들거리다가 갑자기 손가락으로 자기를 가리키더니 허공에
다 물었다.

'내가?'

젊은 피월려의 얼굴이 굳었다.

'죽었다고?'

젊은 피월려는 깜짝 놀라며 다시 물었다.

'왜? 왜 사라져? 또 사라지겠다는 거냐?'

젊은 피월려의 표정이 다시금 절망으로 물들었다.

'가지 마. 가지 말라고.'

절망 어린 표정에 작은 희망이 떠올랐다.

'어떻게 해야 하는데?'

젊은 피월려는 잠시 당황했다가, 곧 각오한 듯 고개를 끄덕
였다.

'그럼 돼? 그럼 안 가? 알겠다. 그러니까 가지 마.'

그리고 양쪽 손을 두 눈에 넣었다가 그대로 눈알을 뽑아버
렸다.

그리고 그는 그렇게 수라가 되었다.

늙은 피월려는 쿵쾅거리는 심장을 부여잡았다. 수라가 된
기억 속의 자신을 마주하자 그 영향을 받는지, 그 또한 점차
수라가 되려 했다.

그는 그것을 한계까지 참았다가 도저히 참아지지 않을 때

쯤, 기억을 다시 되돌렸다.

그렇게 젊은 피월려는 다시 추락하는 제갈미를 보았다.

제갈미를 구하지 못했고, 또 수라가 되었다.

늙은 피월려는 또다시 수라가 된 자신을 바라보며 참았다.

도저히 참지 못하게 되었을 땐 다시 기억을 되돌렸다.

반복.

반복. 반복.

수 번이고 수십 번이고 수백 번이고.

몇 번을 반복했는지 도저히 알 수 없을 때까지 늙은 피월려는 기억을 반복했다.

매번 변화는 작았지만 분명히 있었다. 수라된 자신을 바라보면서 견디는 시간이 점차 늘기 시작한 것이다.

그렇게 그에게 가장 큰 정신적 상처를 남긴 마지막 기억까지 참회했다.

그리고 결국 완전히 받아들였다.

끝인가?

아니다.

하나가 남았다.

늙은 피월려가 돌아보니, 멀리서 백호 한 마리가 그를 내려다보고 있었다.

정신을 차리고 깨어난 피월려의 시야에 처음 들어온 것은 세상 가득한 검은 불길이었다. 그는 순간 자기가 붉은색을 보지 못하는 것이 아닌가 하는 착각이 들었다. 칠흑빛의 불길로 물든 세상은 그런 묘한 착각을 그에게 가져다주었다.

화마(火魔)는 전에 개봉에서 일어난 태화난 때나 비교가 가능할 수준으로, 사방팔방 어디를 보아도 시야의 반 이상이 화염으로 가려져 있었다. 그 흑염(黑炎)은 보통 화염과 다르게 연기를 만들지 않고 또한 재를 남기지 않고 서서히 그리고 끝까지 불태웠다. 산과 나무 그리고 땅도 모자라서 강물조차 타오르고 있었다. 사람도 예외는 아니었다.

"으으악! 흐악! 누가, 누가 좀!"

"안 꺼져! 안 꺼진다고!"

몸에 불이 붙은 사람들은 무인이고 범인이고 하나같이 강물에서 헤엄치고 있었다. 하지만 강물조차 흑염을 꺼뜨리지 못했고, 흑염은 그들의 몸을 연료 삼아 하늘 높이 타오르고 있었다. 그들은 꺼지지 않는 그 검은 불길에 극심한 고통을 호소했다.

"깨어났느냐?"

피월려는 목소리가 들린 쪽을 보았다. 그곳에는 제갈극이 그를 내려다보고 있었다.

피월려가 물었다.

"어떻게 된 것이오?"

제갈극은 피월려의 몸을 이리저리 점검하며 말했다.

"흑염구는 반으로 쪼개지는 순간 안쪽으로 빨려 들어가 소멸했다. 하지만 그 충격에 밖으로 튀어 나간 불씨도 있었지. 그때 잔불이 사방으로 퍼져서 지금과 같은 지옥도를 만들었다. 저 검은 불은 보통의 방법으로 꺼지지 않고, 한번 불이 붙은 그 존재가 모두 타오를 때까지는 꺼지지 않는다."

"……."

"그 색목인은 보선과 그 안에 존재하는 모든 것을 흑염의 '표적'으로 삼은 것 같다. 몇몇 불씨가 보선에 붙었고, 그로 인해서 조금씩 덩치가 커져 지금과 같은 지경에 이르게 되었다. 그리고 표적 외에 붙은 흑염은 스스로 소멸했다."

피월려는 자리에서 일어나려 했지만, 머리가 빙 돌아가는 것 같은 현기증을 느꼈다. 그걸 본 제갈극이 그를 부축하며 반쯤 일으켜 세웠다.

피월려는 지금 강가에 앉아 있었다. 그리고 그 양옆으로는 온갖 종류의 부상을 입은 사람들이 줄지어 있었다. 강 위에 있어야 할 보선은 어디에도 보이지 않았는데, 여기저기 파손된 나무 파편들이 있는 것을 보면 아마 검은 불길에 휩싸였다가 한순간 크게 터져 사방으로 파편이 튄 것 같았다.

그가 더 자세히 사방을 둘러보니, 세상을 태우고 있는 검은 불길은 사실 세상을 태우는 것이 아니라, 그곳에 있는 보선의 파편을 태우고 있었다. 다만 파편의 그 작은 크기에 비해서 타오르는 화염의 크기가 너무나 비대하여 마치 세상을 태우고 있는 것처럼 보일 뿐이었다.

하지만, 정작 타는 속도는 그리 빠르지 않았다. 그렇기에 피월려가 깨어날 때까지도 여전히 타오르고 있었던 것이다. 때문에 흑염이 몸에 붙은 사람에겐 엄청난 고문이 아닐 수 없었다.

피월려는 강 속에서 비명을 지르는 사람들을 보며 말했다.

"검은 불길에 휩싸인 저들을 구할 방도는 없소?"

"없다. 오히려 그들을 구하려 했다간 우리도 검은 불길에 노출된다. 이쪽으로 다가오려는 자들은 천살가에서 죽이고 있어."

피월려가 옆을 보니, 무기를 휘두를 수 있는 자들이 강가에 서서 차가운 눈길로 강 쪽을 바라보고 있었다. 검은 불빛에 노출되어 사지가 타들어가는 자들이 하나같이 제갈극을 애원하는 눈길로 바라보고 있었지만, 감히 천살가의 무인들 때문에 다가오지는 못하고 있었다.

이미 어리석은 판단으로 강 위에 둥둥 떠다니며 검은 화염에 무가 되어가는 시체들도 즐비했다.

"사, 살려주시오! 살려줘!"

"제발. 제발!"

고통 어린 외침을 듣는 제갈극의 표정에는 아무런 변화도 없었다. 하지만 그 속에선 꽤 복잡한 감정이 파도치고 있다는 것을 안 피월려는 그것에 대해서 더 말하지 않았다.

대신 다른 것을 물었다.

"미내로는 어떻게 되었소?"

"그 색목인을 말하는 거라면, 아마 죽음에 가까운 타격을 받았을 것이다. 심검에 잘려 버린 흑염구는 그저 잘리는 것이 아니라 안쪽으로 붕괴하며 폭발했지. 그러니 그것을 창조한 그녀에게도 막대한 영향을 끼쳤을 터. 꽤 오랜 시간 동안은 그녀에게서 안전할 것이다."

"그런 것이라면 다행이오."

때마침 그에게 다가온 패천후가 피월려에게 말했다.

"몸은 괜찮소, 피 선배? 영영 안 깨어나는 줄 알았소. 듣기로는 심마(心魔)에 빠져 계셨다 들었소만."

피월려는 고개를 끄덕였다.

"괜찮소. 보선도 잃고 사람들도 많이 죽게 되어 유감이오, 패 단주."

패천후는 짙은 그의 눈썹을 한 번 위로 올렸다 내렸다.

"이번 일을 위해 특별히 뽑은 하인들과 시녀들이오. 일이 시작하기 전에 언제든 목숨을 잃을 수 있다는 것을 알았으니 마음 쓸 건 없소. 일이 이렇게 된 이상, 어쩔 수 없지."

"……."

"다만 아이들이 힘들어해서 걱정이오."

피월려는 패천후의 뒤쪽에서 눈과 귀를 가린 채 서로를 끌어안고 울고 있는 세 명의 미녀를 보았다. 그녀들의 입장에선 동고동락한 하인들과 시녀들이 불타 죽는 것을 보고도 외면해야 하는 그 사실이 너무나 받아들이기 힘든 모양이었다.

피월려가 패천후에게 물었다.

"상황은 어떻소? 천살가는? 나 선배 그리고 악 형주님은?"

패천후의 얼굴은 조금 어두워졌다.

"태룡마검께서는 다행히 깨어나 현재 운기조식 중이시고, 음양살마와 도첨마무 어르신들도 회복하고 계시오. 다만 천살성 절반이 다쳤고, 그중 절반은 죽음을 면치 못했소. 채 열 명이 남지 않았지."

피월려는 불길한 예감이 들어 물었다.

"악 형주님은 어떻게 되었소?"

패천후가 말하려는데 제갈극이 대신 말했다.

"생사의 갈림길에 서 있다. 내가 육과 혼을 이어서 의식을 회복시키긴 했지만 회복되기 전에 죽은 채로 너무 방치됐었어. 온몸의 기능이 구 할 이상 죽어 시체와 다름없는 몸이다."

"그, 그런……."

"그의 소원대로 입에 대롱을 물리고 땅에 묻었다. 귀식대법과 비슷한 것을 펼친다고 하는데 정확하게 무엇인지는 모르겠다. 그렇게 그가 잠에 들기 전, 네게 전해달라는 말이 있다."

"무엇이오?"

"네가 깨어난 것처럼 본좌도 깨어날 테니, 그때는 동등한 입장에서 무학을 논해보자고."

"……."

"그의 무덤을 보겠느냐? 가까이 있다."

피월려는 고개를 흔들었다.

"그건 악 형주님의 무덤이 아니오."

"그럼?"

"폐관수련장일 뿐이오."

"……."

"내가 도울 일은 없소?"

"일단 몸과 정신을 회복하고 있어라. 지금껏 네 몸을 치료하고 의식을 끌어 올리느라 검은 불길을 끌 방도에 대해서 연구하지 못했다. 아직 불길에 휩싸인 채 살아 있는 사람이 있으니, 연구할 가치는 있다."

그렇게 말한 제갈극은 한쪽으로 걸어가기 시작했다. 그곳엔 하늘 높게 불타오르고 있는 나무판자가 있었다.

제갈극이 멀리 떨어지자 피월려는 굳은 얼굴로 낮게 말했다.

"나 때문에 많이들 죽게 되었소."

패천후가 단호하게 말을 이었다.

"많이들 살게 된 것이오. 색목인을 물리치지 못했다면, 모두 죽었을 것이오. 게다가 제갈극은 다른 이들을 모두 치료하고 가장 마지막에 피 선배를 치료한 것이오. 그러니 괜히 마음 쓰지 마시오."

"내가 심마에 빠져 있어서 그랬을 것이오. 여러모로 폐를 끼쳤군."

"난 현천가와 연락을 해봐야겠소. 지금쯤이면 거의 당도했을 텐데… 피 선배는 몸과 마음을 회복하고 계시오."

그렇게 말한 패천후는 한쪽으로 걸어갔다.

온 시야를 집어삼키는 검은 불길을 보면서, 피월려는 금강부동심법을 천천히 읊었다.

그렇게 반나절이 지날 동안 제갈극은 연구를 통해서 검은 불길을 꺼뜨리는 방법을 알아냈다. 하지만 그때쯤엔 이미 너무 늦어서, 살아난 사람이 다섯이 채 되지 않았다.

그렇게 산 사람들은 죽은 사람들을 묻었다.

멀리서 현천가의 인물들이 보선보다는 작은 중간 크기의

배를 타고 도착했다. 현천가의 총 이십여 명 정도 되는 인원이었는데, 그들을 이끄는 남자를 본 피월려는 흡사 그가 천서휘가 아닌가 하는 착각이 들었다.

그 남자는 다른 사람들과 인사를 나누고 피월려에게 마지막으로 말을 걸었다.

"그럼 이쪽이 심검마가 되시겠군. 평소 말을 아끼시던 형님도 심검마에 대해선 꽤 평이 많았었소."

목소리를 들으니 더 천서휘 같아 포권을 취하는 그를 멀뚱멀뚱 보고만 말았다. 그러다 사람들의 시선을 느끼곤 서둘러 포권을 취했다.

"아, 피월려이오."

"현천가 가주 천서존이오."

"……."

"형님과 내가 그리 닮았소?"

피월려는 그를 빤히 보던 눈길을 거두며 다시 포권을 취하며 사과했다.

"아, 미안하오. 실례했소."

천서존은 코웃음을 한 번 치더니 말했다.

"흠. 형님이 말씀하신 것보다는 훨씬 유한 성격이시군."

"그, 천서휘는 잘 지내오?"

피월려는 순간 천서존의 눈가가 떨리는 것을 보곤 아차 하는 생각이 들었다. 천서휘는 현재 진설린의 서방인지 정부(情夫)인지 모를 일마군(一魔君)으로 있다. 현천가의 희망이라고까지 여겨졌던 그가 그렇게까지 타락한 상황에서 그 동생에게 안부를 물어 어쩌자는 건가?

천서존은 불쾌감을 표정으로 드러내진 않았지만 적당히 지혜롭게 표현했다.

"오랜만에 형님의 얼굴을 뵈어 기분이 들뜨셨군. 질문은 못 들은 걸로 하겠소, 심검마."

"……"

"자, 이렇게 현천가에서 부교주와 천살가 가주, 그리고 심검마까지 모시게 되어 감회가 새롭소. 여행 중에 어려운 일을 당하신 것 같은데 앞으론 현천가에서 보호를 책임지겠으니 편히 따르시오."

천서존의 말은 허풍이 아니었다. 그와 함께 온 이십 명의 마인들. 그들 중 가장 약한 마인도 지마급으로 보였다.

마인 중의 마인이라는 현천가 마인들은 지금껏 만났던 마인들이 내뿜는 마기와는 사뭇 다른 진하고 진한 마기를 풍겼는데 살아남은 범인들은 실제로 그들을 보는 것만으로도 몸을 부르르 떨었다. 천살성의 살기와는 또 다른 종류의 것이었다.

그들은 현천가 최고 전력임이 틀림없었다. 그리고 그것이

시사하는 것은 바로 나지오와 돈사하에 대한 일종의 과시 및 경고였다.

다들 배에 탑승하려 하는데, 패천후는 그 자리에 서서 움직이지 않고 있었다. 반쯤 올라간 피월려가 그것을 눈치채고 그에게 물었다.

"상단주?"

그제야 일행들이 패천후을 보았다. 패천후는 머리를 긁적이며 민망하게 웃었다.

"하하하. 나는 이만 여기서 빠져야 할 것 같소."

나지오가 물었다.

"무슨 말이야, 상단주. 끝까지 같이 가는 거 아닌가?"

패천후가 어색한 미소를 지으며 포권을 취했다.

"내가 대협과 이행하기로 한 약조는 모두 지켰소. 자금 조달에 관해서는 내가 굳이 따라다니지 않아도 이행이 가능하오. 따라서 여러분들의 행로가 현천가에 의탁되는 순간부터 내가 동행할 의무는 없소."

"……."

그의 말은 틀림이 없었다. 보선으로 일행을 이곳까지 이동시켰고, 또한 미내로를 제외한 외부의 위협은 그와 황만치의 물밑 작업으로 인해서 생기기도 전에 타파되었다.

패천후는 속없는 미소를 지으며 고개를 들었다.

"그렇다면 내가 동행하는 것이 어떤 이익이 되는가를 살펴야 하는데 내 계산상으론 전혀 없소. 이미 신뢰는 쌓았고, 내가 이행할 수 있는 것을 모두 이행했으니, 앞으로 나는 대협과 천살가에서 약속한 것을 받으면 그만이오. 내가 따라다닌다고 더 일찍 받을 수 있는 것도 아니고 말이오."

"……."

모든 사람은 침묵했다.

패천후가 말을 더 이었다.

"그럼 다들 나중에 뵙도록 하겠소. 상단주로 있으면서 상단의 일에 손을 뗀 지 너무 오래이오. 이대로 있다가는 도움을 줄 수 없을 지경에 이를 것이오. 나는 내가 있는 자리에서 여러분들을 돕겠소."

그의 말을 끝나자 천서존은 마주 포권을 취하곤 말했다.

"천포상단의 상단주와 술 한잔하고 싶었으나, 사정이 그렇다면 어쩔 수 없지. 시간이 되시면 언제든 현천가로 찾아오시오. 그럼."

미련 없이 배로 들어서는 그를 따라 현천가의 마인들이 모두 들어갔다.

돈사하도 말했다.

"우리 쪽 약속은 지키지. 천살가의 이름을 걸고 말이야. 쉬어."

돈사하도 배 안으로 들어갔고, 시록쇠와 흠진 그리고 다른 천살성들도 따라 들어갔다.

나지오와 제갈극은 고개를 끄덕이는 것으로 인사를 끝내 버렸고, 마지막까지 남은 건 피월려였다.

그가 말했다.

"지금까지 고생했소. 이번 일을 통해 원하는 바가 이뤄지길 바라오, 상단주."

패천후는 광기 어린 미소를 지으며 대답했다.

"약속이나 약조만큼 허망한 것은 없소. 그것 때문이라면 애초부터 이번 원정에 군이 내가 직접 동참할 필요까진 없었지……"

확실히 그 말이 맞다.

피월려가 물었다.

"그럼 무엇을 위해 동참한 것이오?"

패천후는 다시 한번 포권을 취하며 고개를 숙였다.

그리고 큰 소리로 외쳤다.

"인연(因緣)을 위해서!"

"……"

"숱한 장사질 속에서 깨달은 것이 있소. 약조도 상품도 다 사라지고 남는 건 오로지 사람뿐이라오, 피 선배. 천외천(天外天)에 이르러서도 나를 잊지 말아주시오."

피월려는 패천후를 보았고, 패천후도 피월려를 보았다.

피월려가 말했다.

"잊지 않겠소."

그렇게 피월려가 배 안으로 들어갈 때까지 패천후는 포권을 취한 손을 내리지 않았다.

＊　　　　＊　　　　＊

일행이 배에 탑승하자 배가 서서히 사천의 성도를 향해 움직이기 시작했다. 배 안에 방이 많이 없다는 이유로 사람들은 방을 공유하게 되었는데, 나지오가 막무가내로 피월려를 잡아다가 한 방에 들어가 버렸다.

나지오에게 억지로 끌려온 피월려는 심각한 나지오의 표정을 보곤 그가 진지한 이야기를 하려 한다는 것을 깨달았다. 나지오는 바닥에 털썩 앉았고 그의 맞은편을 손가락으로 가리키며 피월려에게 앉으라고 신호했다.

피월려가 그 앞에 앉으며 말했다.

"우선 현천가는 우리의 상황을 잘 아는 듯하오. 천서존이 내 눈을 보고도 전혀 놀라지 않았으니 이미 내 눈이 보인다는 소식을 전해 들었다는 것이고 그 뜻은……."

나지오는 그의 말을 잘랐다.

"심계를 논하자는 게 아니야."

"그럼 무엇을?"

"그냥."

"……."

피월려는 나지오의 딱딱한 표정을 보곤 입을 다물었다. 나지오는 그답지 않게 낮은 목소리를 씹어 내뱉듯 말했다.

"분해 죽을 것 같다."

피월려는 담담하게 말했다.

"진파진도 입신의 고수였소."

"강시였지."

"마법도 썼소. 기절하셔서 몰랐겠지만."

"그래, 그랬다고 하더라."

"그런데도 분하시오?"

나지오는 입술을 살짝 물었다.

"분해. 분해서 죽을 것 같다. 젠장. 입신이 되고 나서 이런 기분을 느낄 줄은 몰랐다. 근데 진짜 혈기가 끓어올라서 표정 관리가 안 될 정도야."

"입신이 아니오. 반선지경이라 하지 않았소?"

"아, 그래. 그랬지. 그래서 이런 엿같은 인간의 감정을 아직도 느끼는 걸 거야. 정말 개같은 번뇌."

피월려는 문 쪽을 돌아보며 말했다.

"아마 지금 현천가와 천살가 간에 여러 이야기가 오가고 있을 것이오. 그 자리에 있어야 하는데……."

나지오는 다시 말을 잘랐다.

"이 기분으론 뭘 들어도 귀에 들어오지 않을 거야. 제갈극을 보내났으니, 깡그리 놓치지는 않겠지. 어린애라고 해도 입신급 술법사고 제갈세가의 가주야. 그쪽에서도 그를 자리에서 내보낼 명분이 없을 거다."

"그래도 나 선배와 내가 그들의 대화를 직접 듣는 것이……."

"됐고. 말이나 해봐. 내가 왜 진 것 같아?"

피월려는 옅은 웃음을 얼굴에 띠었다.

"이렇게 호승심이 높으신 줄 몰랐소."

나지오는 으르렁거리듯 말했다.

"입신에 오르면 없다가도 생겨. 너도 외우주와 하나가 되어 내외공이 무관하고 무한해 봐 한번. 자기가 더 이상 인간이란 생각이 들지 않아. 그러니 인간에게 패배하는 걸 용납할 수 없게 돼. 그냥 마음가짐이 그렇게 되어버린단 말이야. 하아."

"……."

나지오는 한숨을 깊이 내쉬더니 관자놀이를 부여잡았다.

피월려는 기운 없는 나지오의 모습이 너무 낯설어 무슨 말을 해야 할지 몰랐다. 확실한 것은 농으로 끝날 수준은 절대 아니라는 것이다.

고개를 숙인 나지오가 말을 이었다.

"화산에서 벗어난 지 너무 오래됐어. 마기와 살기에도 너무 노출되었고. 마음이 너무 탁해졌다. 아, 화산 정상에 가부좌를 틀고 앉아 그 정기(正氣)를 한 모금만 마실 수 있다면 소원이 없겠어. 그냥 신선의 길이나 좇을 걸, 세속을 바꿔보겠다고 뛰쳐나왔다가 이런 번뇌에 시달리다니! 정충 때문이야. 자기만 편히 뒈져놓고는 뒷일을 맡긴다니… 젠장!"

자신의 처지를 한탄하는 것도 모자라서 목적의식까지 흐려지려는 나지오를 보며 피월려는 가만히 있을 수 없었다. 어떻게 해서든 그를 격려해야만 했다.

하지만 그냥 위로의 말을 건넨다고 해서 격려될 사람이 아니었기에, 피월려는 적절한 말을 떠올리기 위해서 꽤 오랫동안 고민해야 했다.

고뇌 끝에 피월려가 물었다.

"미내로가 누구에게 패배했는지 아시오?"

"그건 모르겠는데?"

"상목이오."

"뭐?"

"설마 본인이 지은 칭호를 잊은 것이오?"

나지오는 당황했다가 툭하니 말했다.

"아니."

"……."

"패천후잖아. 패천후. 안다니까? 아, 정말이야."

"……."

"하여간 그놈이 미내로를 어떻게 물리쳤는데?"

"화살을 쏘았소."

"화살?"

"첫 발은 정육각형의 방막을 만드는 이상한 술법에 의해서 막혔소. 그리고 두 번째 화살이 그대로 미내로의 어깨에 박혀 들어갔고, 미내로는 그 하늘에 떠 있던 해골마에서 낙마하여 추락했었소."

"……."

나지오는 깨어나자마자 진파진에 대해서만 물어보고 즉시 운기조식과 명상을 통해서 회복과 수련에 임했기에, 정작 미 내로가 어떻게 물러갔는지는 알지 못했다. 그 정도로 그의 생 각은 진파진에게만 사로잡혀 있었다.

침묵하는 나지오의 눈빛에는 불신이 가득했다. 피월려는 고 개를 끄덕이며 다시 한번 확신시켜 주었다.

"내가 직접 보았소. 화살에 의해 도주하게 된 미내로를."

나지오는 믿을 수 없다는 듯 물었다.

"어떻게 그게 가능하냐? 미내로는 눈빛 하나로 초절정고수를 죽였어. 그게 나였어도 할 말이 없다. 나도 그에 대한 방어법을 전혀 모르니까. 그런 술법의 고수를 고작 화살 하나로 물리쳤다고?"

"정말이오."

"……"

"정확하게는 제갈극의 도움이 있었을 것이오. 첫 번째로 그 방막을 본 그가 두 번째에는 방막을 만드는 그 술법을 방해했겠지. 혹은 제거했거나. 어쨌든 가도무를 되살리는 술법에 정신이 팔려 있던 미내로는 화살에 어깨를 맞고 무력화되었소."

나지오는 믿을 수 없다는 듯, 몇 번이고 고개를 흔들었다.

"있을 수 없는 일이다."

"진파진의 부적을 제거한 것도 그이오."

"알아. 들었어 그건."

"그래서 분한 것 아니오?"

"뭐가?"

"오합지졸에 불과한 자들이 나 선배가 패배한 진파진을 물리쳤으니 말이오."

"……"

"아니오?"

피월려의 촌철살인(寸鐵殺人)은 입신의 고수조차 회피하지 못했다.

나지오는 자괴감에 주먹을 꽉 쥐었다. 분함과 수치심이 마음에 가득 차올랐지만, 겨우 그것을 인정하고야 말았다.

"그래."

"……."

"차라리 진파진이 우리 모두를 쓸어버렸다면 이렇게 수치스럽지는 않았을 거다."

피월려는 나지오의 마음을 이해했다.

가장 정확한 비유를 들자면, 어린아이들 앞에서 다른 어린아이에게 얼굴을 맞아 기절한 어른의 기분일 것이다.

피월려가 나지오의 양손을 잡았다.

"내 생각인데 아무래도 나 선배는 화산으로 돌아가는 것이 좋을 것 같소. 나 선배 말대로 화산의 정기로부터 떨어진 채 더욱 세속에 오염되면 분명 신선의 마음도 타락할 것이오."

나지오는 고개를 위로 치켜들며 눈을 감았다.

그의 두 눈에는 눈물이 글썽였다.

"하아. 입신에 오르면 모든 것이 해결된다 믿었지. 무학의 끝이라 믿었어. 하지만 정말이지 이 길에는 끝이 없구나… 이 인간의 몸을 입고 있는 한, 번뇌에서 벗어날 길이 정녕 없단 말인가……."

핏줄 선 나지오의 목을 지그시 바라보던 피월려가 딱딱한 어조로 말했다.

"미내로도 같은 생각을 했을 것이오. 화살 하나에 무력화된 스스로를 믿을 수 없어 죽음을 무릅쓰고라도 다시 온 것일 것이오. 그 엄청난 크기의 흑염구… 정말 놀랍기 그지없는 술법이나 사실 그건 전혀 효율적이지 못한 공격이었소. 아마 자신의 능력을 과시하기 위해서 그런 공격을 한 것이지. 미내로는 우리에게도 스스로에게도 말을 하고 싶었던 것이오. 자신은 넘볼 수 없는 강자라고. 즉, 상처 난 자존심을 회복하고자 그리한 것이오."

"……."

"나 선배."

"오냐."

"자만은 곧 죽음이오."

"……."

"이기는 것이 당연하다고 여긴 순간부터 자만이 아니고 뭐겠소? 술법은 다른 영역이오. 산 위에선 적수가 없는 호랑이도 바닷 속에서는 왕처럼 군림할 수 없는 법 아니겠소? 그건 미내로도 마찬가지. 그녀도 화살 한 발에 무력화되었소. 즉 바닷속에서 적수가 없는 고래도 산 위에선 왕처럼 군림할 수 없는 것이오."

"그렇지. 맞아. 네 말이 정확해."

나지오는 눈을 감고 한동안 깊게 그리고 느리게 호흡했다.

피월려는 그의 맞은편에서 가만히 그를 기다려 주었다.

얼마나 지났을까?

나지오는 눈을 떴다.

그의 두 눈빛은 깊고 영롱했다.

"역시 너와 대화하기로 마음먹은 게 맞았다. 고민에 고민을 거듭했지만… 역시 이게 맞았어."

피월려는 진심을 담아 말했다.

"그런 결정을 내려주셔서 고맙소. 매우 부끄러운 결정이었을 텐데. 정말로 고맙소, 나 선배."

나지오는 웃었다.

"오냐. 킥킥킥. 어디 가서 이 못난 꼴을 이야기하면 진짜 내 손에 죽는다. 알겠냐?"

쾌활함을 되찾은 나지오를 보며, 피월려는 마음이 따듯해지는 것을 느꼈다.

피월려가 물었다.

"그럼 싸움을 설명해 주실 수 있겠소? 사실 궁금하긴 하오. 어떻게 된 일인지."

나지오는 팔짱을 끼더니 말했다.

"흐음, 전체적으로 보면 참… 당황스러운 싸움이었다."

"당황?"

"당황이라고 해야 할지, 황당이라고 해야 할지… 그, 왜, 내가 마교로 들어가고 나서 처음으로 마인하고 싸울 때 괴기하기 짝이 없는 무기와 괴상하기 짝이 없는 마공을 상대하면서 느꼈던 그 기분이 들더라. 그 이해도 안 가고 감도 전혀 안 잡힐 때 느껴지는 그 더러운 기분 말이야."

"흐음. 뭔지는 대강 알 것 같소."

나지오는 또다시 기가 막히는지 어이없다는 표정을 지었다.

"태극지혈에 검강을 담아서 공격했는데 전혀 타격이 없는 거야. 아니, 타격이 없는 걸 넘어서 막지도 않아. 아예 그냥 무시해 버리고 자기 공격만 하는데 내가 어이가 없어서. 어찌어찌 피하면서 계속 공격하는데… 게다가 숨을 쉬지 않는 강시라 그런지 매화향에도 전혀 영향을 받지 않았고. 아휴, 화산파의 모든 검공이 무용지물(無用之物)이더라고. 그러다가 전음을 들었지. 참격 말고 타격으로 공격하라는 전음을."

피월려는 그 당시 싸움을 기억했다.

"아, 싸움 도중에 제갈극이 그 사실을 알아내고 나 선배에게 알려주라 했었던 것이 기억나오."

"그래. 그 말을 듣고 나서 장공과 지공으로 싸우기 시작했는데, 그건 좀 먹히더라. 진작 왜 그 생각을 못 했을까 했는데 알고 보니, 진파진이 그걸 감추기 위해서 거리를 좁히지 않았더라고. 하여간 거리를 좁히고 신나게 싸우는데, 그때는 좀 재밌었지. 그 강시의 피부란 게 의외로 다격감이 좋았어."

"……."

"하여간 그러다가 뭐 기회가 생겼다. 부적을 벨 수 있는 상황이 나온 거야. 검을 쓰지 않는 척하면서 몇 번 초식을 교환하고 몰래 태극지혈을 집어 들어 부적을 싹! 하고 베려는데 이게 웬걸? 혹시 몰라 태극지혈에 검강까지 담았는데, 검을 팅겨내더라고. 설마 부적이 강기충검한 태극지혈을 팅겨낼 줄은 몰랐지. 안 그래?"

"흐음……."

"일단 마음이 크게 동요했고 자세도 흐트러졌지. 그걸 놓치지 않은 진파진이 끝까지 우위를 가져가서 결국 패배한 거야. 어때? 대강 알겠어?"

피월려는 고개를 끄덕이며 말했다.

"검강을 팅겨내는 것이 강시의 단단함이라고 착각하셨소. 그래서 패배한 것이오."

"그래. 부적까지 그런 단단함을 가지고 있을 줄은… 응? 뭐라고?"

피월려는 다시 설명했다.

"그 강시를 검강으로도 베지 못했던 이유는 그 강시의 피부가 단단했기 때문이 아니라 술법이 걸려 있어서 그런 것이었소. 제갈극에 말을 빌리자면, 참격에 면역이 되는 술법이오."

나지오는 황당하다는 듯 몇 번이고 되물었다.

"전설에 나오는 천마강시(天魔畺尸)이니 뭐니 그런 게 아니고 그냥 술법이라고? 참격에 면역? 그런 게 어디 있어? 그냥 면역? 그러니까 어떤 날카로운 공격도 다 막아버린다고? 위력도 속도도 정확도도 깡그리 무시하고?"

"그런 것일 것이오."

"뭐 그런 게 다 있어?"

피월려는 턱을 괴며 나지막하게 말했다.

"내가 보기엔 술법과 무공에는 한 가지 큰 차이가 있소."

"뭔데?"

"무공은 상대적이지만 술법은 절대적이오."

"……."

"아직 술법을 잘 몰라 완전히 이해하지 못했지만, 분명 그것만은 확실한 것 같소."

나지오는 한쪽 눈썹을 치켜들었다.

"너… 좀 무섭다."

깊은 생각에 잠겨 있던 피월려는 순간 놀란 표정을 지으며 물었다.

"무슨 뜻이오?"

나지오는 자리에서 벌떡 일어났다. 그러곤 옷을 툴툴 털더니 말했다.

"아무것도 아니다. 덕분에 마음의 짐을 털었으니, 몸까지 가

볍구나. 자, 가서 십계 한번 제대로 하자. 킥킥킥."

나지오가 그렇게 방 밖으로 나가자 피월려는 영문을 모른 채 그를 뒤따라 나갔다.

*   *   *

"왜들 그렇게 봐? 내가 뭐 못 올 곳 왔나?"

"⋯⋯."

"⋯⋯."

나지오와 피월려가 대선실로 들어오자 한창 이어지던 대화가 뚝 하고 끊겼다. 나지오는 태연하게 상석 맞은편에 앉더니 음식 몇 개를 집어 먹으며 말을 이었다.

"계속해들. 내 눈치 보지 말고."

천서존이 눈을 날카롭게 뜨며 말했다.

"부교주께서 탈교(脫敎)하여 화산파로 돌아갔다는 소식을 들었소."

나지오는 어깨를 들썩였다.

"본 교에 탈교란 것이 어디 있나? 한번 교인은 영원한 교인. 교에서 해방될 수 있는 건 오로지 죽음을 통해서지. 내가 화산파에 돌아간 건 전대 교주의 명령으로 그렇게 한 거야. 화산파에 잠입하여 동태를 살피라는 거지."

"역혈지체도 철소하시고 다시 화산파의 무공을 익혀 입신에 오른 것은 어찌 설명할 것이오?"

"역혈지체를 이뤘다고 충성된 교인이 되는 것이 아니다. 또한 교인 중에는 역혈지체를 이루지 못한 평범한 범인들도 존재한다. 그러니 역혈지체가 아니라고 탈교했다는 건 어불성설이지."

"마조대와 같은 특수한 경우에나 해당하는 것이오."

"그 특수한 경우의 범위에 대해서 율법은 어찌 명시하지? 화산파에 잠입하는 그 임무는 특수한 경우로 취급되지 않는 건가? 내 알기론, 실제로 과거에 어린 나이부터 백도에 잠입시켜 온전히 백도의 무공을 익히고도 본 교를 섬긴 마인들의 전례가 있는 것으로 알고 있는데?"

"증명하시오. 전대 교주 성음청이 그런 명령을 내렸다는 걸."

"공식적인 교주명이 아니라, 개인적으로 내려진 명령이다."

"그럼 증거는 없군."

"힘으로 하지. 누가 나랑 싸울 건데?"

"……"

"없으면 더 이상 날 의심하지 마라, 현천가 가주. 마인 중의 마인이라 일컬어지는 현천가의 가주가 강자지존의 율법을 모르진 않겠지."

그 자리에서 그 누구도 나지오를 천마신교의 충성된 마인으로 생각하지 않았다. 하지만 그 사실에 반박할 수 있을 만큼 증거를 가진 사람도 없었고, 그렇다고 일대일로 그를 제압하여 힘으로 그를 이길 사람도 없었다.

따라서 그의 직위인 부교주란 직함은 공식적으로도 유지되고, 부교주 정도 되는 사람이라면 천마오가의 가주 간의 대화에 참여하지 못할 이유가 없었다.

천서존은 의자에 등을 기대며 말했다.

"좋소, 부교주. 하면 한 가지 물어봐도 되겠소?"

"아무거나 물어봐."

"그렇게 말하니 단도직입적으로 말하겠소. 현천가는 여기 계신 천살가와 암령가와 함께 색이를 도모하고 있소. 하지만 아직 부교주께서 확답을 주시지 않으셨다 들었소. 여기서 확답을 주실 수 있소?"

나지오는 어깨를 들썩였다.

"아, 그거? 물론이지. 난 명령 하나에 화산파에 다시 기어들어 갈 정도로 성음청 교주님에게 충성을 바쳤다. 그런데 그런 교주님이 내상을 입은 틈을 타서 비겁한 방법으로 몰아낸 그 박소을과 진설린을 절대로 용서할 수 없지. 암, 그렇고말고."

돈사하는 미소를 지었고, 피월려는 웃어버렸다.

천서존이 눈을 게슴츠레 뜨며 물었다.

"아? 그렇소? 부교주께서 전대 교주에게 그렇게 충성했는지는 금시초문이오만."

"충성만 했게? 사랑했다."

"푸— 읍!"

막 차를 마시던 시록쇠가 찻물을 뿜었다. 사실 모두 뭘 먹고 있지 않아서 다행이었지, 뭔가 먹고 있었다면 누구라도 그 순간 뿜어냈을 것이다.

천서존은 자세를 앞으로 하며 양손을 모아 입으로 가져갔다.

"본 교 내부의 분란(紛亂)을 도와 본 교가 마도천하를 이루는 것을 막아보자 하려는 것이오?"

"그 분란을 내가 일으켰나? 그런 헛된 고발은 슬슬 그만두는 게 좋을 거야, 가주. 내가 본 교의 분란을 일으킬 순 없어도 지금 이 배 안의 분란 정도는 충분히 일으킬 수 있으니까."

천서존은 나지오의 협박에도 전혀 겁을 먹지 않고 조용히 말을 이었다.

"매년마다 전 중원에서 수백 명이 절정 및 지마에 오르오. 그리고 수십 명이 초절정 및 천마에 이르고. 또 수 명이 입신에 오르지. 한데 왜 그렇게 고수의 숫자가 적은 줄 아시오?"

"글쎄?"

"단계를 뛰어넘자마자 다음 해를 못 넘기는 경우가 구 할 이상이기 때문이오. 게다가 그건 절정 및 지마급에만 해당되는 것이고, 초절정 및 천마급으로 가면 구 할 구 푼이지. 또한 입신으로 가면 구 할 구 푼 구 리이오."

"……."

"부교주께 감히 묻건대 입신에 오른 지 얼마나 되셨소?"

아직 일 년이 채 되지 않았다.

나지오는 턱을 쓸며 말했다.

"묘하게 협박하는 재주가 있네."

"부교주가 먼저 하셨소."

"흐음. 그건 확실히 그렇지."

"색이에 참여하실 것이오? 아니면 하지 않으실 것이오? 이건 중대한 문제이오."

"당장 여기서 대답해야 하나?"

"선택의 자리에 걸어온 건 부교주 본인이오. 내 입으로 색이를 언급한 이상 답을 들어야겠소."

그의 말이 끝나기 무섭게, 현천가 마인들의 몸에서 마기가 진득해지기 시작했다. 돈사하도 그에 동참하여 마기를 끌어올렸고, 그것을 본 천살가 마인들도 서서히 내력을 운용하기 시작했다.

나지오는 자기 앞에 놓인 빈 찻잔을 들고 이리저리 매만지면서 말했다.

"이러면 내가 힘에 굴복해서 승낙하는 것처럼 보이잖아? 승낙하고 싶어도 자존심이 상해서 못 하겠는데?"

"……"

탁.

찻잔을 내려놓은 나지오가 말했다.

"현천가 가주가 어린 것을 감안해서 한번 그냥 참지. 하지만 충고하는데, 그런 식으로 사람을 몰아붙이면 네가 원하는 걸 절대로 얻을 수 없어. 게다가 가족들도 위험에 처하게 되고 말이다. 알겠나?"

그의 몸에서 뿜어지는 기세와 함께 매화향이 배 안에 가득 찼다. 그러자 현천가 마인들의 마기도, 천살가 마인들의 살기도, 모조리 그 매화향에 묻혀 흔적도 없이 사라졌다. 코가 찡할 정도로 강렬한 그 매화향은 사람 마음에 생성되는 어떠한 종류의 투심도 모두 덮어버렸다.

천서존이 물었다.

"그래서 참여하는 것이오, 아니오?"

나지오가 대답했다.

"참여해. 앞뒤가 꽉 막힌 건 형하고 똑같네."

"……"

"그래서 계획은 어떻게 되는데?"

천서존은 슬쩍 돈사하를 보았다.

돈사하가 고개를 끄덕이자 천서존이 말을 이었다.

"우선은 박 장로를 죽이고 우리 쪽에서 신물을 얻어야 하오."

이후 그들은 향후 계획에 대해서 논하기 시작했다.

*   *   *

대략 보름 후, 동지(冬至)에 사천성 성도에 위치한 사천당문(四川唐門)에 도착했다.

현천가 본가는 귀주성(貴州省) 귀양(貴陽)에 있고, 사천당문을 지부 삼아 사천성에 영향력을 끼치고 있었기 때문에, 그곳에 머무르게 된 것이다.

배 안에서 꽤 많은 이야기가 오가며 향후 일정이 잡혔는데, 나지오를 향한 불신이 사라지지 않자 결국 제자리만 돌고 끝나는 경우가 허다했다. 이에 나지오는 사천성에 위치한 아미파와 청성파에 본인이 직접 이야기를 하여 현천가와의 분쟁을 종식시키는 방향으로 신뢰를 얻겠다고 선언했고, 현천가도 이를 받아들였다.

다만 천살가가 문제였다.

돈사하는 나지오에게 지속적으로 혈단을 만들어달라 요구

했는데, 나지오는 제갈극의 심력이 고갈되어 당장은 힘들다는 핑계로 그의 요구를 미루었다. 하지만 성도에 도착하니 돈사 하의 인내심도 한계가 찾아왔는지, 여느 때와는 다른 강경한 태도로 나지오에게 주장했다. 제갈극은 어떻게든 방도를 찾아 보겠다고 말할 뿐 보장은 하지 못한다고 못 박았다.

그렇게 배 안에 갇힌 채, 보름 동안이나 소모적인 심계를 하느라 피월려는 녹초가 되었다. 그런데 일행을 환영하는 사천당문의 사람들 속에서 뜻밖의 친우를 만나니 피로가 모두 사라지는 듯했다.

"적현!"

피월려는 예도 잊고 그에게 다가가 그를 끌어안았다.

혈적현이 말했다.

"듣던 대로 꼴이 말이 아니야. 눈 뜨고 못 봐주겠다."

피월려는 들뜬 목소리로 물었다.

"여긴 어떻게 온 거야?"

혈적현은 왼손으로 그의 뒤에 선 남자를 가리켰다.

"친동생의 혼인식이 있으니 와야지. 가문의 어르신들은 도저히 사천당문에 발을 들일 수 없다 하여 나만 대표로 왔다."

피월려가 뒤를 보니 그곳에는 훤칠한 용모의 혈적진이 있었다. 그리고 그의 옆엔 그의 팔을 꼭 붙잡고 있는 사천당가의 당혜림이 있었다. 그들은 서로 연모하는 사이로, 사천당문과

비도혈문의 화해를 만들어낸 장본인들이었다.

혈적진은 공손히 포권을 취했고 당혜림은 고개를 숙였다.

혈적진이 말했다.

"저흰 심검마 어르신께 은혜를 입었습니다. 심검마 어르신이 아니었다면, 저희는 절대 이어지지 못했을 겁니다."

피월려는 방긋 웃으며 말했다.

"두 가문에서 이런 아름다운 인연이 만들어지다니 정말 감축드리오. 남녀 간의 사랑은 모든 것을 초월한다더니 그대들을 보니 그 말이 참인 듯싶소."

"하하하."

피월려의 뒤로 다가온 나지오가 그의 등을 툭툭 건들자 피월려가 돌아봤다.

"친우와 해후를 즐기는 것도 좋은데 일단은 예를 갖추자고."

나지오는 한쪽을 가리켰고, 그곳에는 사천당문의 문주 독안구(毒安九) 당우림이 사천당문의 사람들과 함께 서 있었다. 그를 보니 전에 그와 심계를 다투던 것이 기억났다. 피월려는 혈적현의 팔을 툭 건들며 조금 뒤에 보자는 신호를 남기곤 문주에게 다가가 포권을 취했다.

"문주를 뵈옵니다."

당우림도 포권을 취했다.

"낙성혈신마, 아니, 심검마를 뵈오. 오랜만이오."

"오랜만입니다. 강녕하셨습니까?"

"나쁘지 않았소. 그럼 다들 안으로 들어오시오. 다들 먹고 취할 만찬을 준비했소."

당우림은 먼저 안으로 들어갔고, 그를 따라 모든 사람들이 하나둘씩 들어갔다.

사천당문의 대전은 넓고 웅장했다. 또한 상 위에 끝없이 차려진 음식은 호화스러웠다. 가도무의 의해서 멸문 직전까지 갔던 그때의 상황과는 전혀 다른 모습이었다. 피월려가 전에 보았던 사천당문의 비루한 모습과 비교하면 하늘과 땅의 차이만큼이나 컸다.

당우림은 고급스러운 상석에 앉아 손님들을 맞이했다. 악사들까지 옆에 두어 잔잔한 음악이 흘러나왔는데, 다소 사치스럽다고 여겨질 정도였다. 그걸 당우림도 의식했는지, 그가 처음 말문을 뗐다.

"사실 바로 직전에 내 딸아이의 혼인식이 있었소. 어차피 손님들도 맞아야 하니, 그때의 치장을 치우지 않고 그대로 둔 것이오. 행여나 본가가 사치스럽다고 오해하지 않았으면 하는 바람이오."

천서존이 대표로 자리에서 일어나 말했다.

"감축드리겠소. 소식을 듣지 못해 아무것도 준비하지 못함을 이해해 주시오. 곧 본가에서 선물을 보낼 것이오."

이에 돈사하도 자리에서 일어나려는데 시록쇠가 그를 막고는 서둘러 먼저 일어나 축하의 말을 건넸다. 돈사하가 만약 '축하해, 우림'이라고 했다간 어떤 일이 벌어질지 생각만 해도 끔찍했기 때문이다.

"천살가에서도 사천당문의 경사에 감축드리는 바이오."

당우림도 자리에서 일어나 한 번씩 포권을 취했다.

"하하하. 내가 축하를 받자고 손님들을 초대한 꼴이 되어 민망하오. 하나 딸아이의 일인 만큼 기꺼이 그 축하를 받겠소."

담우림의 상투적인 농담에 군중은 상투적인 웃음으로 화답했다.

이후 연회가 시작되자 각각 인연이 있는 자들은 자리를 옮겨 대화를 시작했다. 담우림과 돈사하, 나지오 그리고 천서준은 바로 옆자리에 앉아 이야기를 하기 시작했고, 마인들도 개인적인 인연이 있는 자들에게 다가가 인사를 건넸다. 딱히 다른 사람과 인연이 없는 사람들은 음식을 먹거나 시녀에게 말해 자신의 객실로 안내를 받았다.

피월려도 자리에서 일어나 혈적현에게 다가가려 했는데, 혈적현이 먼저 술잔을 들고 그의 빈 옆자리에 앉았다. 그걸 본 제갈극이 피월려에게 말했다.

"본좌는 먼저 쉬러 가겠다. 이따가 끝나면 찾아오거라."

그렇게 말한 뒤, 제갈극은 시녀에게 안내를 받아 대전에서 멀어졌다.

피월려가 술잔을 들어 혈적현과 건배를 하곤 말했다.

"잘 지냈냐?"

"잘 지냈지. 거의 반년 만인가? 엄청 늙었군."

위로라곤 전혀 없는 혈적현의 농에 피월려는 미소를 지었다.

"이래서 예로부터 여자를 잘 만나야 한다고 하나 보더라."

혈적현도 술을 마시곤 말했다.

"그래. 덕분에 살았으니 다행이지."

"응?"

피월려의 되물음에 혈적현도 눈을 동그랗게 떴다. 서로 말 없이 시선을 주고받았는데, 견디다 못한 혈적현이 시선을 먼저 돌렸다.

"그 눈은 어떻게 안 되나? 정말 흉측하기 그지없어. 의안이라도 만들어. 전엔 한쪽 눈을 의안으로 대체했잖아?"

피월려는 눈을 감아 그 속을 가리며 말했다.

"네가 외눈박이에 외팔이가 됐을 때, 내가 네 외모에 대해서 뭐라 한 적 있냐?"

"……."

"그래도 지금은 썩 봐줄 만해."

"눈이 보이긴 한가 보군."

"네 용모가 빛이 나는 건 눈이 없어도 알 거다."

혈적현은 전체적으로 깔끔했다. 검은 의복과 긴 흑발 그리고 남성적인 오뚝한 코와 날카로운 두 눈. 젊은 여인이라면, 그를 한번 보고 충분히 마음이 동할 만큼 미남이었다. 한쪽 눈과 팔을 잃고 나서도 이런 용모를 가지게 되었으니, 전에도 이렇게 꾸미기만 했으면 미남이 따로 없을 것 같았다.

그는 머리카락을 앞쪽으로 내려 한쪽 눈을 가리고 있었다. 또한 잘린 오른팔에는 칠흑빛을 내는 의수가 있었는데 그 구조가 상당히 복잡해 보였다. 다만 마치 주변의 빛을 흡수하면서 그의 의복과도 잘 어울리는 것이 묘한 멋이 났다.

혈적현이 나지막하게 말했다.

"덕분에."

피월려가 물었다.

"의수하고 의안은 직접 제작한 건가? 기계공학(機械工學)인가 뭔가 하는 그걸로."

혈적현은 피월려를 빤히 보다가 말했다.

"덕분에라는 말 못 들었나?"

"듣긴 들었지, 이해를 못 했을 뿐."

"……"

"왜?"

혈적현은 두 술잔에 술을 따르며 말했다.

"이건 능수지통이 보낸 것이다. 네가 낙양에서 떠나고 한 달도 채 되지 않아 받았지. 함께 있었던 서찰에 네 언급이 있었다. 정확하게 기억은 안 나지만, 좋은 친우를 두었으니 그것만큼은 부럽다고 했었나?"

"능수지통이 그걸 보냈다고?"

혈적현은 오른쪽 소매를 살짝 걷어 올려보았다. 흙빛이 나는 그 의수 표면 위에는 각양각색의 글귀가 적혀 있었는데, 육안으로는 읽을 수 없을 만큼이나 작고 난잡한 형태였다.

"재질은 불명이다. 그 위엔 능수지통의 술법이 음양각(陰陽刻)되어 있지."

"음양각?"

"음각과 양각이 함께 되어 있는 것으로 보는 것과 만지는 것으론 이것이 음각인지 양각인지 판단할 수 없다. 그 자체로 술법이라고 보면 된다."

"……"

"이 의수는 내가 내 팔처럼 마음껏 쓸 수 있는 것과 동시에 여러 부가 기능이 있다. 내 기계공학으로 조금 손을 봐서 제갈토가 주었던 것보다 더 발전시켰지. 그만큼 관리가 어려워졌지만. 아, 그리고 네겐 보여줘도 되겠군."

혈적현은 의수를 움직여 오른쪽 눈을 가린 머리카락을 슬쩍 치웠다. 그곳엔 또렷한 의안이 있었는데, 피월려는 그것이 무엇인지 단번에 알아볼 수 있었다.

"영안."

혈적현이 재빨리 가리며 조용히 말했다.

"제갈토가 이것까지 줬지. 내 듣기로는 이 눈을 통해서 시야를 훔쳐볼 수 있다 들었는데, 그것이 목적이었을 것이다. 하지만 그가 죽었으니 써도 상관은 없겠지."

피월려는 원설의 말을 기억했다.

"공방전(工房殿)이란 곳에 들어갔다 들었는데 거기서 많은 연구를 했나 보군."

혈직현은 작은 목소리로 은밀히 말했다.

"연구뿐이랴, 교주와 박 장로의 전폭적인 지지 아래 개발까지 하고 있지. 그쪽에서 매우 큰 관심을 보이고 있어서 잘해 내고 있는 중이다."

"……"

피월려가 말이 없자 혈적현은 술잔을 내밀었다.

"건배하자."

"……"

"왜? 섬기는 사람이 다르니 이젠 친우도 아니냐?"

피월려는 술잔을 집어 들지 않고 다소 낮은 목소리로 말했다.

"아까 한 말이나 설명해 봐."

"뭘?"

"린 매가 날 살렸다는 말."

혈적현은 혼자 술잔을 마셔 버리곤 말했다.

"거기에 무슨 설명이 필요하지? 교주가 널 살렸으니 살렸다 말한 것뿐이다."

"......"

"내가 잘못 알고 있는 건가?"

피월려는 흥분하지 않았다. 대신 담담하고 차가운 목소리로 다시 질문했다.

"린 매가 그리 말했나? 그녀가 날 살렸다고?"

"수라가 되어 그대로 모든 것이 불타 사라질 네 몸을 본인이 식혀줬다고 말했다. 그러니 이젠 완전히 자기 소유라고 말하더군."

"......"

피월려의 표정이 굳어가는 것을 본 혈적현이 자신의 술잔에 술을 따르며 말했다.

"정신이 오락가락한 분께서 또 자기 멋대로 오해를 하셨군."

피월려를 말함인가, 진설린을 말함인가?

피월려가 갑자기 그의 술병을 뺏었다. 그로 인해 술이 이리

저리 몇 방울 튀겼다. 무례한 그 행동에 혈적현이 눈을 좁히
며 피월려를 노려보자 피월려가 말했다.

"린 매는… 교주는……."

살짝 떨리는 그 목소리를 들은 혈적현의 표정이 서서히 펴
졌다. 술병을 든 피월려의 손은 점차 내려갔다. 혈적현은 힘없
는 피월려의 손에서 술병을 다시 빼앗아 들고는 자기 술잔에
따르며 말했다.

"정신은 모르겠지만, 몸은 잘 있다. 하루에도 몇 명의 남자
와 나뒹구는지 모르겠지만."

"……."

"설마 아직까지 마음이 남아 있는 줄은 몰랐군. 아직도 연
모하나?"

혈적현의 말에 피월려는 말없이 중얼거렸다.

"진설린은 죽었다. 이미 죽어 없어진 자를 사랑해도 의미가
없지."

"뭐?"

"최근에 그녀를 죽인 걸 참회했다. 그때 마음은 모두 정리
했지. 다만 안타까움이 있다. 측은지심이라 해야 하나. 그 때
문인지 아직 그녀에게 빚이 남은 기분이야."

"참회? 계속 무슨 소리를 하는 거냐? 엉뚱한 소리만 더 늘
었군."

"그런 게 있어."

"연모하는 거 맞으면서 개소리하기는. 나중에 그 마음이 걸림돌이 된다면 그땐 내가 도와주마. 그럴까 봐 이미 다 안배해 놨지."

"너야말로 무슨 소리야?"

혈적현은 그의 질문을 무시하며 되물었다.

"이번에도 나 혼자 마시게 할 거냐?"

그러자 피월려도 술잔을 든 혈적현의 말을 무시하곤 자기 질문을 했다.

"박 장로가 네 기계공학을 지지하는 이유가 뭐냐?"

혈적현은 홀로 술잔을 입에 털어 넣었다. 그러곤 상 앞에 놓인 안주를 몇 개 집어 먹고는 말했다.

"듣기로는 마도천하를 위해 꼭 필요한 일이라 했다."

"어떻게?"

"네가 내게 준 용골 기억하냐?"

"기억하지."

혈적현이 설명했다.

"그걸 연구했다. 기를 거부하는 그 특성을 말이지. 한데 그런 특성을 가진 자들이 만든 문파가 있다. 청룡궁이라고 하는데, 그쪽의 인물들에겐 기공이 통하지 않는다. 백도의 중심에서 그들이 표면으로 나오기 시작했다."

피월려가 물었다.

"그거 내가 네게 말해준 거 아니냐?"

"아, 그랬나? 뭐, 하여간 귀목선자의 그 놀라운 술법도 그들에겐 무용지물이지. 따라서 그들을 상대하기 위해선 기를 기반으로 하지 않는 무력을 필요로 한다 하여 그걸 준비하고 있다."

피월려는 황당하다는 듯 말했다.

"다 떠나서, 무공을 익히지 않고 기계공학을 한다기에 내가 네게 준 것 아니냐? 그걸 가지고 연구를 해서 내 적을 도우면 어쩌자고?"

"왜 그들이 네 적이지?"

"뭐가?"

"왜 그들이 네 적이냔 말이다. 박 장로과 교주. 그리고 귀목선자가. 그들이 네 어머니와 아버지를 죽였냐? 아니면 네 문파를 멸문시켰어? 그들에게 대체 무슨 원한을 가지고 있지? 내 가문이 당문에 가진 원한에 비하면 손톱의 때만큼도 없지. 한데 봐라. 나는 지금 당문의 여식과 결혼한 친동생의 혼인식에 참석했어. 나를 대신해서 가문의 적통을 이을 진 이가 당가의 사위가 되어 당씨가 되었다. 그리고 그 꼴을 나는 축하해 주고 있지."

피월려는 씹어뱉듯 말하는 혈적현에게 아무런 말도 할 수 없었다.

그는 조용히 박소을에 대한 스스로의 감정을 느껴보았다. 고작 생각해 낸 것이라고는 배신. 하지만 그도 배신이라고 할 수 없는 것이, 이미 박소을과 피월려는 일을 같이 시작하기로 했을 때부터 서로 간의 배신이라는 것이 성립될 수조차 없다는 걸 인정했다. 왜냐하면 그들은 서로를 이용하는 입장이었고 목적이 달라지면 언제든지 갈라설 수 있다는 입장 차이를 애초부터 확실히 정했기 때문이다.

피월려는 질문으로 맞섰다.

"사천당문에서 날 기다린 게, 날 회유하기 위함이냐?"

혈적현은 술잔을 들었다.

"이번이 세 번째다. 예에 있어서 세 번은 마지막을 뜻하지."

혈적현은 차가운 눈빛으로 피월려를 응시했다. 그리고 느린 속도로 술잔을 입가에 가져갔다. 그 느린 속도는 그의 마음을 잘 대변하고 있었다.

피월려는 이를 꽉 깨물더니, 손으로 술잔을 낚아채서 입에 가져갔다.

그들은 동시에 술을 속에 털어 넣었다.

피월려가 말했다.

"같이하겠다는 건 절대 아니다. 너와의 우정 때문에 마신 거니까."

혈적현은 만족했다는 미소를 짓고는 말했다.

"걱정 마라. 내가 박 장로와 함께하는 건 그저 기계공학을 연구하고 싶은 내 목적과 일치하기 때문이지 섬기는 건 절대 아니니까."

"뭐? 그럼 마치 그런 식으로 연기한 건 뭐고?"

"그냥 우정을 시험해 보고 싶었다. 내가 박소을 섬긴다는 걸 알고도 네가 날 친우로 받아줄지 말이다."

"뭐라고?"

피월려는 기가 막히다는 표정을 지어 보였고, 혈적현은 코웃음을 살짝 내더니, 빈 술잔에 술을 따르며 말했다.

"물론 그것뿐만은 아니야. 다만 상기시켜 주고 싶었다. 넌 누구에게도 원한이 없다는 냉정한 사실. 그들이 널 토사구팽했다 여길지 모르지만 그걸 가지고 철천지원수인 것처럼 굴건 아니지 않느냐? 네가 진심으로 박 장로를 섬겼다가 당한 것이면 몰라. 그것도 아니지 않느냐? 그러면 나처럼 얼마든지 이해득실을 위해 다시 손을 잡을 수 있는 것 아니냐?"

조용히 혈적현의 말을 듣던 피월려는 나지막하게 말했다.

"회유하러 오긴 온 것이군."

"설마 씹어먹을 사천당문이 좋아서 왔겠냐? 친우를 보고 싶은 마음에 온 거다."

"글쎄. 그렇게 안 느껴지는데? 그것도 박 장로의 반대 세력이 집결한 이 자리까지 온 걸 보면 목숨까지 걸고 그에게 충성을 바치는 것 같은데?"

혈적현은 양 손바닥을 보이면서 말했다.

"네가 박 장로를 쳐 죽이든, 교주를 쳐 죽이든, 귀목선자를 쳐 죽이든 내 알 바 아니야. 다만 저기 앉아 있는 네 명이 박 장로나 교주나 귀목선자와 다르다는 착각은 절대로 하지 말길 바란다."

혈적현이 눈짓한 상석.

그곳엔 천살가 가주 돈사하, 사천당문 문주 당우림, 현천가 가주 천서존.

그리고 나지오까지 있었다.

"……"

혈적현은 말없는 피월려의 어깨에 의수를 올렸다.

"그 말을 전해주고 싶었다, 피월려. 네 진정한 친우로서 말이야. 네가 지금까지 그랬던 것처럼 살아남는 길을 걸어라."

타심통을 쓸 것도 없었다. 차가운 의수를 타고 혈적현의 따뜻한 마음이 그대로 전해져 왔기 때문이다.

자신보다 더한 몰골이 돼서 돌아온 피월려를 보며 혈적현은 진심으로 그를 걱정했다.

피월려는 그 의수를 잡았다.

"네 마음은 알았다. 오해하지 않았으니 걱정 마라."

혈적현이 물었다.

"입신은 되는 거냐?"

"될 거다."

"……."

"될 거야."

혈적현은 피식 웃었다.

"그래. 네가 입신이 되지 않으면 네놈의 무릎을 꿇릴 때 맛이 안 살지. 역시 오랜 친우를 만나니 술맛이 확 도는군."

혈적현은 빈 술잔에 술을 따랐고, 그들은 함께 마셨다. 시간 지나가는 줄 모르고 그렇게 서로의 이야기를 하니 연회에 가장 끝까지 남게 되었다. 그렇게 그들과 두 명의 시녀, 총 네 명만이 남은 것을 확인한 혈적현이 말했다.

"후우… 취기가 좀 가시는군. 이제 가볼까?"

피월려도 자리에서 일어나며 말했다.

"그래. 못다 한 얘긴 내일 하면 되겠군."

혈적현은 웃었다.

"나보고 시체가 되라는 거냐?"

"응?"

"여기 있을수록 위험한 건 사실이니까. 네 얼굴 봤으면 됐다."

"바로 떠나려고?"

"일단 박 장로 아래 있지만, 기본적으로 본 교 내의 분쟁에 희생되고 싶진 않아."

피월려는 시녀 둘을 흘겨보며 말했다.

"현천가는 나 선배를 불신한다 하지만, 만약 이미 손을 잡았다면 지금도 충분히 위험할 거다."

혈적현은 한쪽 입꼬리를 올렸다.

"아직도 모르겠냐?"

"뭐가?"

"내가 위험한 것보다 네 자신이 더 위험하다는 거."

"……"

혈적현은 자신감 있게 말했다.

"난 이미 빠져나갈 길을 안전하게 만들었다. 네 걱정이나 해."

피월려가 날카롭게 물었다.

"혹 현천가가 박 장로와 손을 잡은 거냐?"

혈적현은 차갑게 대꾸했다.

"글쎄? 본부에 가려면 지금 나와. 같이 가자."

피월려는 고개를 돌려 버렸다.

"됐다. 여기서 해야 할 일이 있다. 그냥 가."

혈적현은 몸을 돌리며 마지막 말을 남겼다.

"그래, 그렇게 말할 줄 알았다. 네놈은 정에 약하니까."

"……"

"죽지 마라, 피월려. 살아서 보자."

혈적현은 그렇게 말한 후, 대전에서 사라졌다.

그가 떠난 후에도 피월려는 몇 잔의 술을 더 해 술병을 모두 비웠다. 그러고도 한 시진 이상이나 고민에 빠져 있었다. 기다리다 못한 시녀가 졸다가 침을 삼키는 소리에, 피월려는 상념에서 깨어나며 자문했다.

"알고 말한 것인가……"

그 말에 덩달아 깨어난 시녀가 급히 머리를 조아리며 말했다.

"아, 대인? 죄송합니다. 뭐라고 말씀하셨습니까?"

시녀의 질문에 피월려는 자리에서 일어났다.

"기다리게 했군. 제갈극에게 데려다주시오."

시녀는 당황하며 대답했다.

"아, 예. 따르시지요."

해가 뜨지 않은 새벽이라 그런지 복도는 고요했다.

뚜벅. 뚜벅. 뚜벅.

긴 복도에 발소리가 규칙적으로 울렸다.

그렇게 피월려는 시녀를 따라 제갈극의 방 앞에 도착했다.

평범한 미닫이문.

피월려는 그 문을 열었다.

그 소리를 들은 제갈극이 명상에서 깨어나 눈을 떴다.

피월려가 뭐라 말하기도 전에 제갈극이 먼저 말했다.

"오 일."

"오 일?"

"현 상태는 심력이 바닥나서 영안조차 떠지지 않는다. 내 계산이라면, 오 일은 충분히 쉬어야만 된다."

피월려는 고개를 끄덕이며 대꾸했다.

"그 정도야 아무것도 아니지. 쉬시오."

피월려가 방문을 닫자 제갈극이 그대로 눈을 감았다.

제일백십오장(第一百十五章)

나지오는 첫날 아미파와 청성파에게 말을 해본다며 떠났다.
그가 사천성 흑백간의 휴전(休戰)을 넘어선 종전(終戰)을 이뤄
내지 못한다면, 현천가에서도 색이에 참여하지 않을 것이라는
뜻을 분명히 했기에, 나지오는 두말할 것 없이 길을 나섰다.

제갈극은 자신의 방에서 회복에 전념했다.

몇 번이고 바닥을 드러내면서까지 심력을 소모하며 술법을
펼쳤던 그는 모든 이에게 오 일이라는 회복의 시간을 선포해
버렸고, 이에 혈단을 원하던 돈사하도 이번을 마지막으로 기
다려 주기로 했다.

사천당문의 전체적인 분위기는 휴전 상태인 것치고는 매우 밝았다. 혼인이라는 큰 경사를 보내고 한 식구가 된 혈적진은 그의 본래 성을 되찾아 당적진이 되었고, 사천당문 소문주의 자리에 올랐다.

또한 문주 독안구의 제자가 되어 사천당문의 모든 것을 배우기 시작했다. 종가(宗家)가 몰사한 작금의 상황에서 그의 정통성을 운운하는 사람은 없었다.

피월려는 꽤 한가로운 시간을 보내게 되었다.

그런 그에게 흥미로운 인물이 찾아왔는데, 과거 무림에서 전 중원을 떨게 만들었던 공포의 대명사 아미살마(牙味殺魔) 천삭사란 마인이었다.

전전대 교주인 천각보다 두 대나 윗대인 현천가 최고 어른으로, 태어났을 때부터 두 팔이 없어 치아로 적을 물어 죽이는 특이한 마공을 익힌 노마두였다.

백 세가 넘은 현 시점에선 마공을 모두 잃고 머리카락까지 전부 빠진 평범한 노인에 지나지 않았는데, 그 눈빛만큼은 젊은 수컷 이리의 눈빛 못지않았다.

첫날부터 천삭사는 하루에 한나절 이상을 피월려와 장기를 두며 시간을 보냈다. 피월려도 마치 원래부터 알던 사이인 것처럼 그 노마두와 시간을 보냈고, 그렇게 그들은 나흘 동안이나 친한 친우처럼 붙어 다녔다.

나흘이 되는 날에도 짹짹거리는 참새 소리와 함께 따스한 햇볕이 스며드는 좋은 마루 위에 그들은 앉아 있었다. 천삭사가 기이하게 긴 오른발을 가지고 능숙하게 장기 말을 옮기며 말했다.

"음양살마가 아주 안달이 났더구나. 아마 내일이지? 혈단이니 뭐니 하는 걸 제조한다는 날이?"

천삭사의 발음은 사천어 억양이 다소 섞여 있었지만, 그런대로 괜찮았다.

피월려도 장기 말을 옮기며 대답했다.

"그렇습니다, 어르신."

피월려의 수를 본 천삭사의 두 눈이 좁혀졌다. 그는 왼쪽 엄지발가락으로 턱을 긁으며 고민했다.

"부교주가 아미파와 청성파와 이야기를 하고 돌아오겠다는 날도 내일이고. 그러면 네가 이 늙은이와 놀아주는 것도 오늘이 마지막이겠구나."

"그렇게 될 것입니다, 아마."

"흐음. 천각 교주가 죽고 현천가가 몰락하면서 이 늙은이와 놀아줄 연놈들이 하나둘씩 죽어나가기 시작했지. 작금에 와서는 햇병아리들밖에 없어서 놀아달라고 할 수도 없어. 자, 이렇게 하면 되겠군."

이번에는 천삭사가 턱으로 장기 말을 옮겼다. 발이나 턱으로 장기를 두는 그 모습은 다소 괴상하게 느껴질 수 있었지만, 이미 적응된 피월려는 아무렇지도 않게 그 수에 집중했다.

피월려도 눈초리를 모으며 말했다.

"저에게 먼저 다가오신 것처럼, 손주들에게 다가가심이 어떠십니까?"

천삭사는 입술을 삐쭉이더니 말했다.

"다 늙었지만 이 늙은이도 체면이 있어. 그 어린놈들에게 이 늙은이가 먼저 찾아갈 수야 없지. 에잉. 그놈들이 예를 알면 먼저 찾아와야 하는 거지."

"그래도 제겐 먼저 찾아와 주시지 않으셨습니까?"

"그야 심검마에겐 이 늙은이가 필요한 것이 있으니까. 이 늙은이의 체면과 비교도 할 수 없는 것 말이야."

피월려의 표정이 살짝 굳었다. 근 나흘간 단 한 번도 속내를 꺼낸 적이 없는 천삭사가 서서히 그 마음속을 드러내려 했기 때문이다.

그는 백 세 이상의 노인. 타심통은 법력(法力)이 높은 자에겐 통하지 않는다.

법력은 다른 말로 하면 마음의 수준. 피월려가 아무리 마음의 공부를 했다 한들, 그의 마음이 백 세를 넘긴 노인의 마음보다 위에 있을 순 없었다.

그렇기에 피월려는 처음 마음을 내보인 천삭사의 의도가 더욱 궁금해졌다. 그가 장기 말을 옮기며 말했다.

"그것이 무엇입니까?"

"보험(保險)."

"보험?"

천삭사도 장기 말을 옮겼다.

"박소을 그자가 건의한 것이었지, 아마? 뱃놈들은 대강 아는 건데 정확하게 정리는 되어 있지 않아."

"보험이란 것이 뭡니까?"

"배로 물건을 운송하는 장사치들이 썼던 것으로 피해(被害)를 장사한다고 보면 된다."

피월려의 얼굴에 의문이 떠올랐다.

"피해? 피해를 사고팔 수 있습니까?"

천삭사가 설명했다.

"간단히 설명하면 피해를 걱정하는 사람들에게 일정한 돈을 받는 거지. 만약 운이 나빠서 손해가 난다면 그 손해를 대신 메꿔주겠다는 약속으로 말이야. 그리고 손해가 없었다면 그 돈은 그대로 소비되는 것이고."

"……."

"백 사람이 보험비로 돈을 지불해도 한두 사람만 사고를 당한다는 가정하에는 그게 장사가 된다는 거야. 너무 새로운 개념이라 그런지 장로들이 반대했고 천각 교주는 끝내 수락하지 않았다."

"제 생각에도 별로 장사가 되지 않을 것 같습니다. 새롭긴
합니다만."

천삭사는 눈빛을 빛내며 말했다.

"십 년 전, 처음 천마신교에 온 박소을은 항상 그런 새로운
생각들이 넘쳤다. 어디서 그런 생각을 하는 건지, 이 늙은이가
장로였을 당시에 그가 낸 의견들을 보면서 참으로 놀람을 감
출 수 없었다."

피월려는 천삭사가 말하고자 하는 바를 깨달았다.

"제게 보험을 들겠다는 뜻이군요."

천삭사가 고개를 끄덕였다.

"은퇴하고 현천가의 일에서 손을 뗀 지는 오래됐다. 본 교
의 어느 마인보다 힘을 숭상하는 현천가에선 무력이 없으면
그만큼 권력도 없어. 아이들은 이 늙은이가 어른이라 모시곤
있지만 그뿐이지. 그렇기에 이런 식으로밖에 영향력을 행사할
수 없어."

"……."

"현천가가 잘못된 판단을 해도, 나중에 너그러이 봐주게.
대가 끝나는 멸문지화만 비껴가게 해주면 돼. 공자의 목숨만
살려주게."

천삭사의 말은 만약 현천가가 피월려에게 반하는 행동 양

식을 취하고 또 피월려가 살아남아 현천가를 멸문시킬 수 있는 위치까지 도달했을 경우에도 현천가의 명맥을 유지하게는 해달라는 말이었다.

피월려가 물었다.

"현천가가 잘못된 판단을 할 것이라 생각하십니까?"

"모르지. 심계에 뛰어난 심검마를 상대하기 위해서 일부로라도 아무런 이야기를 듣지 않았다네."

"그럼 현천가가 저와 손을 잡으면 어르신께서는 손해만 나는 겁니다."

"보험비만 내는 거지. 손해가 없으면."

"……."

천삭사는 나지막하게 말했다.

"나이를 먹으니 생긴 혜안일세. 혹은 지나친 노파심이라 해도 할 말은 없지. 아이들은 이 늙은이의 이런 조치를 알지도 못하고 알아도 신경 쓰지 않겠지만 말일세."

"독단적인 행동이시군요."

"그래서 살아남을 것일세. 가문에 모든 인원이 왼쪽으로 향할 때, 그 안의 누군가는 오른쪽으로 가야 혹시 모를 멸문지화를 피할 수 있는 게야. 그렇지 않나?"

피월려는 단도직입적으로 물었다.

"보험비로 무엇을 주실 겁니까?"

천삭사가 오른쪽 발로 자기 머리를 톡톡 쳤다.

"늙은이가 가진 건 추억뿐이지."

"……."

"알고 싶지 않나? 심검마는 박소을과 귀목선자의 일을 필히 궁금해하리라 생각하는데?"

피월려는 천삭사가 무엇을 얼마나 어떻게 알고 있는지 몰랐다.

다만 그가 백 세가 넘도록 생존한 그 이유를 알 수 있었다. 그것은 한눈에 사람을 꿰뚫어 보는 안목과 조짐도 없는 일을 생각할 줄 아는 지혜 때문일 것이다.

혹은……

조용히 고민한 피월려가 장기 말을 옮기며 말했다.

"천살가에서도 여러 마인에게 물어봤습니다만, 별건 없었습니다."

"난 천각 교주가 모태에서 나오는 걸 직접 봤지. 그 아이들이 아는 것보단 훨씬 깊이 알아."

"거동조차 불편하신 어르신께서 왜 사천땅까지 올라오셨는지 그 이유를 몰랐는데 이런 이유에서 그랬군요."

"사천 경치가 좋은 게 첫 번째 이유이긴 하네."

발로 장기 말을 움직이며 천삭사가 웃었다. 그러자 늙고 처진 주름에 가려졌던 호랑이상 얼굴이 나타났다.

피월려가 장기판을 내려다보며 말했다.

"후우… 어려운 수군요. 이번에도 제가 질 것 같습니다."

"한 수 물러주지."

"아닙니다. 일단은 해보겠습니다."

피월려는 오랫동안 턱을 괴고 고민했다. 정오가 되어 식사를 가져오려는 시녀들이 다가오자 천삭사가 말을 들어 흔들며 그녀들을 뒤로 물렀다.

그렇게 천삭사는 깊은 고민에 빠진 피월려의 얼굴을 두 노안으로 노려보았다.

얼마나 시간이 지났을까? 피월려가 말을 옮기며 말했다.

"좋습니다. 처음부터 알려주시지요."

"중간에 시녀가 왔는데, 식사라도 할까?"

"어르신께서 편한 대로 하십시오."

천삭사는 시녀들에게 고개를 돌려 말했다.

"그럼 차만 가져오거라."

시녀들이 물러가자 천삭사가 말을 이었다.

"정확히 말하자면 십이 년 전, 노부가 장로로 본 교를 섬기던 마지막 해에 그들이 나타났다. 십만대산 가장 높은 봉우리인 천왕좌(天王座)엔 본 교의 신물전이 있는데 그곳에서 처음 그들이 발견되었다고 했지."

십이 년 전이라면 피월려가 백호의 심장을 먹은 그해다. 아마 백호의 죽음으로 그들이 이계에서 중원으로 넘어온 것이 가능했을 것이다.

피월려가 확인차 물었다.

"발견되었다는 것은?"

"그날 그들이 이계에서 중원으로 넘어온 것이네. 당시 귀목 선자는 이계를 넘나드는 데 모든 힘을 소진하여 노화했고, 박 소을도 거의 죽음에 이르는 위독한 상황이었지. 신물전주는 그들의 놀라운 이야기를 듣고 즉각 천각 교주에게 이 일을 알렸었다. 교주는 이 늙은이와 함께 가기를 청했지만 그땐 나도 몸이 많이 약해져서 천왕봉을 오를 힘이 없었기에 정확하게 무슨 일이 일어났는지는 천각 교주를 통해 듣게 되었네."

피월려는 가장 핵심적인 것을 물었다.

"그들이 이곳으로 넘어온 목적이 뭐라고 했습니까?"

"이유는 없네."

"예?"

"박소을은 우연하게 이곳으로 오게 된 것이지. 따라서 이곳에 온 목적은 없을 수밖에."

피월려가 그토록 알고 싶었던 박소을의 목적은 너무나 허무했다.

그는 믿을 수 없다는 듯 물었다.

"박 장로는 수많은 일들을 계획하고 실행에 옮겼습니다. 그

중 하나는 중원의 사방신을 죽이고자 하는 것입니다. 그런데 목적이 없다니요?"

"중원에 온 목적과 중원에서 이루고자 하는 목적이 꼭 같아야만 하는가?"

"예?"

때마침 차를 들고 찾아온 시비들이 그것을 천삭사와 피월려의 앞에 놓았다.

피월려는 그 차에서 풍기는 향기를 알지 못했지만 느껴지는 그 깊음에 쉽사리 찾아볼 수 없는 최고급 차라는 것을 알 수 있었다.

시비들이 물러가고 천삭사가 발로 찻잔을 들고 입에 가져가 스읍스읍거리며 마셨다. 김이 모락모락 날 정도로 뜨거운데도 참을 수 없는 듯 보였다.

그는 그렇게 몇 번이고 시도하여 끝내 차를 반 이상 비우곤 찻잔을 내려놓으며 말했다.

"장기는 더 안 둘 텐가?"

"아, 생각 중입니다."

"그래그래."

"한데, 어르신. 그 두 목적이 다르다는 말이 무슨 뜻입니까?"

천삭사는 작게 웃으며 말했다.

"간단하지. 중원에 오려고 온 것이 아니라 불시착(不時着)한 것일세. 그리고 이젠 나가려는 것이고. 즉 사방신을 죽이기 위해서 중원에 온 것이 아니라, 어쩌다 보니 중원에 오게 되어서 나가기 위해 사방신을 죽이려는 것일세."

"……."

"즉 박소을은 그저 자기 세상으로 돌아가려 하는 것이지."

"이미 둘이 죽어 있었습니다. 어차피 차원의 벽이 허물어져 있지 않습니까?"

"당시에는 주작도 죽어 있어서 셋이었네. 차원을 넘기 위해선 넷 중 셋이 죽어 있어야 가능하지. 한데 다시 주작이 부활하고 죽은 사방신이 둘이 되자 차원을 넘지 못하고 중원에 남게 된 것이네."

역시 박소을의 말은 믿을 것이 못 된다.

피월려는 다시 물었다.

"죽은 사방신이 둘이 아니라 셋입니까? 아니, 그보다 주작은 어떻게 죽었고 또 어떻게 부활했습니까?"

"십이 년 전 백호가 죽었을 당시, 북해빙궁은 본 교처럼 주작의 신물을 이용하여 무공을 익히려 했기에 주작이 죽음으로 고정되어 있었어. 청룡궁은 사방신 중 셋이 죽어 있는 것을 막기 위해서 북해빙궁을 침공, 억지로 죽은 주작을 부활시켰지. 하지만 내가 알기론 다시 부활한 주작이 이상하게도 삼십 년은커녕 십 년도 제대로 채우지 못하고 자연사했네. 알이었을 당시, 그 알의 기운을 훔쳤던 수많은 북해빙공의 고수들과 연한마공 때문인지도 모르지."

"주작이 자연사를 합니까?"

"주작은 삼십 년마다 알을 낳고 자연사하며 그 몸이 재가 되어 그 알 위에 뿌리네. 그리고 그 재에서 양기를 흡수한 알이 다시 주작으로 태어나 영생하는 신이지. 문제는 사 년 전쯤 박 장로가 마인을 보내 새로이 세워진 북해빙궁의 상황을 어지럽게 하여 청룡궁 모르게 그의 영향력 아래 두었다는 점이지. 주작이 죽고 알이 생성되자마자 박 장로는 그것을 빼돌렸어."

"주작의 알이라 함은?"

"빙정(氷晶) 말일세. 마치 마정이 현무의 신물에서 나오는 것처럼, 그건 주작의 알을 가공한 것이지. 주작의 알은 충분한 양기를 공급받으면 다시 주작으로 부활하네. 그것을 위해 주변의 양기를 흡수하기 때문에 역으로 극음의 성질을 띠고 있지."

"……"

빙정이 생성되는 과정에 그런 비밀이 있을 줄은 몰랐다.

피월려의 표정이 점차 굳어지자 천삭사가 물었다.

"왜 그러는가?"

"천각 교주와 안다 하여 이런 것을 아실 수는 없습니다."

"……"

"……"

오랜 침묵이 찾아왔다.

침묵은 천삭사가 먼저 깼다.

"이 늙은이가 신이 나버렸군. 차 맛이 너무 좋았어."

"어르신은 누구십니까? 누구기에 제게 이런 걸 알려주시는 겁니까?"

천삭사는 작은 미소를 입에 머금었다.

그는 발을 얼굴로 슬쩍 가져갔다. 그러곤 얼굴 피부를 잡아 들어 보였다. 놀랍게도 들린 그 피부 아래로 또 다른 얼굴이 있었다.

피월려는 그 얼굴을 기억했다.

"신물전주(神物殿主) 솔진."

천삭사는 구묘가면(寇猫假面) 쓴 신물전주 솔진이었던 것이다.

정체를 들킨 솔진은 태연하게 다리를 움직여 차를 홀짝이곤 말했다.

"역시 나는 심계에 재능이 없소. 참고로 이건 현천가에는 비밀이오."

피월려가 물었다.

"진짜 천삭사 어르신은 어디 계십니까? 혹 죽이셨습니까?"

솔진은 자기 말투로 대답했다.

"아니오. 그는 장로에서 은퇴하고 나서 얼마 되지 않아 마성에 젖을 것을 염려하여 자결했었소. 아미살마는 오래전 사람이라 그를 깊이 아는 사람이 거의 없고, 본래부터 고독한 삶을 살았던 터라 신분 위장으론 안성맞춤이었지."

"그 팔은……."

"신물전의 전주들은 다양한 술법을 익히고 있소. 그중에는 두 팔을 잠시 동안 없애 버리는 것도 있고, 타심통에 저항하는 것도 있지."

"보험이라 하신 건 거짓말입니까?"

"그것이 거짓은 아니오. 천마오가의 명맥을 유지하는 건 사실 본 교에 매우 중요한 일이라서 말이오. 천 년의 역사 동안 얼마나 많은 교주들이 자신의 힘을 키우기 위해서 천마오가를 멸족하려 했는지 아시오? 그걸 다 뒤에서 처리한 것이 바로 신물전이외다. 신물전은 교주를 견제하는 유일한 곳이오."

준비해 놓은 것 같은 대답들.

피월려는 눈을 게슴츠레 뜨며 말했다.

"박 장로와 함께하시는 걸로 압니다만."

"본 교에 도움이 될 때나 그렇지 현 상황에선 아니오. 낙양으로 천도하겠다는 그 말을 듣곤 더 이상 그와 함께할 수 없다는 걸 알았지. 본 교 내부에는 진정으로 본부를 염려하는 사람들이 많소."

이 역시도 준비된 것 같았다.

피월려가 말했다.

"믿기 어려운 제 입장은 잘 아시리라 믿습니다. 말씀하신 대답들도 너무 준비된 느낌이 납니다."

"그럼 이미 내가 정체를 밝히려 했다는 뜻 아니오?"

"혹은 밝혀지면 그렇게 대답하리라 준비하신 건 아닙니까?"

솔진은 고개를 흔들어 보였다.

"정체를 먼저 밝히지 않은 건 일종의 농이오, 농. 심검마를 속여 넘길 수 있을지 시험해 보고 싶었어. 어디서 들켰소?"

"보험이라는 것보다 더 좋은 구실을 준비했었어야 했습니다. 언뜻 들으면 모르나, 자세히 생각하면 그것만큼 허술한 것도 없습니다."

솔진은 발로 턱을 긁으며 말했다.

"동의하오. 하지만 사실은 더 좋은 이유가 있소. 아끼던 천각 교주가 실추하게 된 것 때문에 박소을에게 복수하고 싶다는 식으로 말이오."

"그럼 그걸 왜 처음부터 말하지 않으셨습니까?"

"보험이라는 그 이유를 이상하게 생각한 심검마가 더 캐물어오면 그때 던져서 더욱 단단히 거짓말을 하려 하기 위함이었소. 한데 뜻대로 되지 않았군."

"……."

"표정을 보아하니, 그렇게 했으면 걸려들었을 것이오. 맞소?"

확실히 좋은 설계다.

피월려는 자신이 운이 좋았다는 걸 순순히 인정했다.

"그렇습니다. 확실히 찔러본 것이 옳은 판단이었던 것 같습니다."

"차도 마시지 않고 장기도 두지 않고 고민한 것이 바로 그것이었군."

그제야 차가 생각난 피월려가 찻잔을 들고 차를 마셨다. 조금은 식었지만 여전히 그 맛은 깊음이 남달랐다.

피월려가 말했다.

"함께하시는 분이 누굽니까?"

"알고 묻는 건지 모르겠소. 그렇게 질문하니 진실을 말하지 않을 수 없군."

피월려가 대수롭지 않다는 듯 말했다.

"심계에서 우위를 잡는 방법은 상대방으로 하여금 진실을 간파하고 있다는 인상을 주는 것입니다."

"그렇군. 그러나 그 말마저도 나를 시험하는 것 같은 기분이 드오. 이래서 심검마, 심검마 하는군."

"누굽니까?"

솔진은 순순히 말했다.

"극악마뇌(極惡魔腦) 사무조 장로이오. 그는 박 장로가 성음청을 배신한 일로 앙금을 품고 있소."

"배신? 성음청을 박 장로가 죽인 건 아니지 않습니까?"

"박 장로가 주작을 되살릴 새로운 그릇을 구하지 않았소? 그래서 성음청을 버렸다고 보오. 분명 증거는 없지만 사 장로는 자신의 심증을 확신하는 듯하오. 그토록 지혜로운 사람이니 분명 맞을 것이오."

피월려는 그의 말에 이상함을 느꼈다.

"박 장로가 주작을 되살릴 것이라는 말씀입니까? 그는 주작을 죽이려는 것 아닙니까?"

솔진은 고개를 저었다.

"괜히 영생의 주작이 아니오. 주작은 죽인다고 죽일 수 있는 신이 아니지. 그 알이 양기를 충분히 머금으면 얼마든지 되살아나오. 모든 것을 베는 심검이면 모를까. 순환하는 고리 자체를 끊어버릴 수 있는 심검. 그것으로 주작을 죽인다면 다시 되살아날 거란 보장은 없소."

"……"

"하지만 꼭 그렇지는 않은가 보오. 그랬다면 박 장로가 심검마를 죽게 놔두었을 리가 없지. 박 장로는 분명 주작을 완전히 소멸시킬 수 있는 다른 방도를 찾은 것이오. 그리고 그것을 위해서 우선 주작을 되살릴 필요가 있는 것이지. 주작을 죽일 방도가 이미 있었기에 진설린의 몸에 주작의 알을 심은 것이오."

피월려의 눈썹이 순간 꿈틀거렸다.

이를 본 솔진이 뭐라 물으려는데 피월려가 심각한 목소리로 말을 이었다.

"제가 볼 땐 제 심검이 필요했던 건 다른 이유에서 그런 것일 겁니다."

"무슨 이유 말이오?"

"바로 청룡을 죽이고자 함입니다. 그 당시만 해도 빙정을 원하는 성음청 교주가 살아 있었기에 린 매를 통해서 주작을 되살릴 수 있다는 자신이 없었으니 청룡을 죽이는 것과 주작을 죽이는 것, 이 두 가지 방법을 모두 고려한 것입니다. 다만 성음청 교주가 죽고 주작을 자신의 손아귀에서 살릴 수 있는 것이 확실해지자 저를 더 이상 붙잡고 있을 필요가 없었을 겁니다."

"오호. 과연 그렇군."

하나하나 완전히 정리되니 솔진은 눈앞이 맑아지는 것 같은 착각까지 들었다. 피월려가 진중한 목소리로 솔진에게 말했다.

"하나 묻겠습니다. 저를 보기 위해 이곳에 오신 이유가 백호를 살리려 하는 것입니까? 그것으로 박 장로의 계획에 지장을 주기 위함입니까?"

솔진은 고개를 흔들었다.

"나는 오로지 본 교를 섬길 뿐이오. 그가 떠나면 떠나는 대로 좋소. 다만 현 교주인 시화마제가 그에게 이용당하여 대천마신교의 앞날이 흐려지는 상황이 싫을 뿐이오. 자칫 잘못했다간 마정으로 연맹하는 대천마신교가 무너질 수도 있는 상황이 나올 것이오."

"그렇습니까?"

"내가 이곳에 온 이유는 하나이오. 극악마뇌 사 장로에게 들었소. 입신을 코앞에 두고 있다고. 이번 사태가 종지부를 찍을 때 지고의 자리에 오르실 가능성이 가장 높아 이 이야기를 알아두었으면 하는 것이오."

피월려가 말했다.

"정확하게는 제가 박 장로를 상대하다 행여나 심검으로 인해 현무의 신물이 사라지는 것을 막으려는 것 아닙니까?"

"처음부터 진실을 이야기하지 않은 점은 미안하게 생각하오. 본 교를 생각하는 마음에 그런 것이니 알아주리라 믿소."

천마신교에 충성심이라곤 전혀 없는 피월려에게 그런 말을 하는 걸 보면 솔진 본인부터가 지대한 충성심을 가지고 있는 것이 분명했다.

피월려가 혹시나 하는 마음에 물었다.

"스승님에 대해선 아십니까? 서화능과 조진소에 대해서 말입니다."

일부러 본명을 이야기했으나 솔진은 잘 모르는 듯했다.

"서화능은 아나 조진소라는 인물은 정확히 모르겠소. 그의 입을 통해 몇 번 들었던 것 같긴 하지만 잘 기억나지 않는군."

"그들은 청룡궁을 배신하고 나왔다고 합니다. 그들이 과거 그런 일을 한 이유가 무엇인지는 아십니까?"

"그들의 자세한 사정까지는 모르오. 하지만 서화능은 입교 후에 박 장로와 귀목선자와 친밀하게 지냈었소. 천각 교주까지 해서 아주 우의가 좋은 사이였지. 다만, 서화능이 박 장로와 귀목선자를 돕는 것에 모종의 이유가 있으리라 사료되오. 그들이 친밀해진 이유는 우선 목적이 같았기 때문이 아니겠소?"

"그 목적까지는 모르시는군요."

"끼리끼리 모이는 법 아니오? 무인은 무인끼리, 술사는 술사끼리. 나는 귀목선자와 훨씬 많은 시간을 보냈었소. 덕분에 술법이 크게 성장하여 전주의 자리까지 올랐지."

"……."

"서화능은 박 장로와 함께 천각 교주를 실추시켰을 때 많이 주저했던 것으로 기억하오. 하지만 그럼에도 불구하고 박 장로의 뜻을 따른 것을 보면 그에게도 어떤 대의(大義)가 있었던 것 같소. 그 죄책감 때문인지 천 공자에게 아주 잘했었지, 아마?"

피월려는 악누가 해주었던 이야기를 생각하며 말했다.

"박 장로는 성음청 교주를 만나고 주작을 죽이는 계획을 품었을 겁니다. 이에 합의한 그녀를 도와 교주에 올리고 나니 성음청이 역으로 그를 배척했습니다. 주작의 부활은 안중에도 없고 그저 스스로의 마공을 대성하는 것만이 그녀의 생각이었을 겁니다. 그래서 박 장로는 주작의 새로운 그릇을 찾게 되었고 그가 바로 현 교주 시화마제 진설린입니다."

"그렇소. 그렇게 된 것이오."

"성음청 교주가 그를 배척하게 된 경위에는 사무조 장로의 입김이 있었습니까?"

지금까지 조금도 동요가 없었던 솔진의 눈동자가 조금 흔들렸다.

"맞소. 어찌 알았소?"

"지금과 똑같은 것 아니겠습니다. 교주가 누군가의 손에 놀아나는 것이 싫으셨던 것이겠지요. 성음청 교주의 힘은 마조대를 이끄는 극악마녀 사무조 장로의 영향력에서 처음 나왔었습니다. 그러니 사무조 장로가 성음청 교주로 하여금 박 장로로부터 독립적일 수 있게 힘을 줬다는 추측은 얼마든지 가능합니다."

"나는 지금까지 중립이었소. 귀목선자와 박소을 장로도 본교에 도움을 많이 주었지만 성음청 교주 또한 그녀의 신념이 있는 좋은 교주였소. 이번 흑백대전을 통해 마도천하를 만들 수 있게 된 건 다 그녀가 유화정책으로 밑바탕을 깔아둔 덕분이오."

"진설린에겐 그런 점이 보이지 않습니까?"

"생강시라고 하지만 엄연히 강시. 저번의 실수를 답습하지 않기 위해서 이번에는 박 장로가 완전히 자신의 손아귀에 있는 그릇을 교주로 만들었소. 그것은 더 이상 본 교를 전혀 생각하지 않는다는 태도지. 그도 선을 넘었소."

피월려는 그 말을 듣고 깨닫는 것이 있었다.

"이번 천마오가 간의 색이도… 천삭사의 모습으로 현천가에 영향력을 끼치신 것이로군요."

"십여 년 전에는 현천가 내부에서 박소을과 귀목선자가 천각 교주를 배신했다는 의심을 함구하게 만들어 그들의 목숨을 살렸었소. 그러니 이번에 내가 색이를 도모한다고 해도 그들이 할 말은 없을 것이오."

"단순히 신분 위장을 하기 좋아 천삭사의 모습을 취한 것은 아닌 것 같습니다. 영향력이 없다는 말은 거짓말이 맞군요."

"이젠 아주 발가벗은 기분이 드오."

솔진은 찻잔을 비웠다.

피월려는 어깨를 들썩이며 장기 말을 움직였다. 그러자 솔진이 자리에서 서서히 일어나며 말했다.

"더 물어볼 것이 없으면 이 늙은이는 움직여야겠네. 장기는 이 늙은이가 진 걸로 함세."

말투가 달라졌다.

피월려가 물었다.

"왜 그러십니까? 장기를 더 두시지 않으실 생각이십니까?"

솔진은 작은 미소를 지으며 나지막하게 말했다.

"제갈가 아이가 영안을 회복하기 전엔 떠나야지. 내일이라 했지만 안전하게 지금 떠나는 게 좋겠네."

"……"

"그럼 또 보세. 나흘간의 장기는 꽤 재밌었어."

피월려는 포권을 취했고, 그렇게 솔진은 마루에서 떠났다.

이후 피월려는 마루에 대 자로 누워 생각을 정리했다.

"많은 것을 알았으나, 정작 스승님에 관해서는 모르겠군. 스승님은 왜 청룡궁에서 나온 것일까? 그리고 백호의 심장을 가진 나를 통해서 이루시려는 게 무엇이었을까?"

그는 눈을 감고 상념에 빠져들었다.

그렇게 해가 지자 그는 시녀의 안내를 받아 자신의 방으로 들어갔다.

스륵.

피월려는 미닫이문을 열었지만 안으로 들어가지 못했다.

그의 방엔 꽤 많은 사람들이 그를 기다리고 있었기 때문이다.

천살가 가주 돈사하.

사천당문 문주 당우림.

현천가 가주 천서존.

그리고 나지오.

"⋯⋯"

피월려는 침묵하며 아래를 보았다.

그곳엔 제갈극이 그에게 작은 양 손바닥을 뻗었다.

"크학! 으윽! 하악!"

갑작스레 심장에서 극심한 고통이 몰려온 피월려는 그대로 바닥에 꼬꾸라지곤 고통에 신음하며 몸을 배배 꼬았다. 그 고통은 몸에서 느껴지는 보통의 고통이 아니라 마음과 정신에서 느껴지는 영혼의 고통이었기에 금강부동심법의 부동심으로도 참아지지 않는 종류였다.

"큭. 크흑. 큭."

그렇게 겨우겨우 숨을 쉬던 피월려는 이내 실신하여 정신을 잃었다.

＊　　　　＊　　　　＊

피월려의 의식은 정신세계에 있었다. 이런 정신세계를 너무나 자주 겪다 보니 그는 전혀 허둥대지 않고 침착하게 상황을 받아들였다.

쉬익.

쉬익.

혈관을 타고 흐르는 핏물의 흐름 소리가 고막을 작게 울렸다. 그리고 그 흐름을 타고 작은 고동 소리조차 들리기 시작했다.

미약하기 그지없는 그 소리는 평생 동안 단 한 번도 들리지 않은 소리지만, 언제나 함께했던 소리였다.

무음(無音)의 세계에 존재하는 유일한 잡음은 그의 생명뿐이었다.

피월려는 눈을 떠보았다. 하지만 눈으로 들어오는 것도 아무것도 없었다. 그는 자신의 몸을 보기 위해서 아래를 내려다

봤지만 그의 몸이 있어야 할 곳 또한 텅 비어 있었다. 마치 죽어 혼백이 되어 의식만이 있을 뿐, 육신을 잃어버린 것 같았다.

"여기다."

피월려는 고개를 돌려 소리가 들린 뒤쪽을 보았다. 그곳엔 거대한 흰 호랑이가 몸을 웅크리고 그를 보고 있었다.

몸 위로 난 새하얀 털은 하늘에 넓게 퍼진 구름을 연상케 했다. 그리고 그 위로 어지럽게 난 줄무늬는 흡사 산맥과 강을 보는 것 같았다. 그 가죽 아래 근육이 꿈틀거리며 움직이자 흡사 하늘과 땅이 움직이는 듯한 느낌을 주었다.

백호의 눈빛은 짐승의 그것과는 거리가 있었다. 마치 사람이 사람을 보는 느낌. 따뜻한 정이라고 할 것까진 아니었지만 험준한 야생에서 절대로 가질 수 있는 눈빛도 아니었다.

피처럼 붉은 홍채를 통해 나타나는 백호의 그 눈빛은 전처럼 공포 외의 아무런 감정도 주지 않았던 것과 비교할 수 없을 정도로 부드러웠다.

백호의 앞에는 완전히 풀려 버린 사슬이 있었다. 그 작은 사슬로 어찌 이 거대한 백호를 억압했는지, 지금은 그 백호의 앞 발가락조차 묶지 못할 크기였다.

전에는 그 사슬에 묶여 피월려를 공격하지 못했었는데, 사슬로부터 자유로운 지금은 그를 공격할 생각이 전혀 없는 듯했다.

피월려가 물었다.

"드디어 떠나나 보군."

피월려는 말을 하곤 스스로의 목소리에 놀랐다. 어린아이의 것이었기 때문이다. 그는 콩닥거리는 자신의 심장 소리를 들으며 단순히 목소리만 어린아이처럼 된 것이 아니라는 것을 깨달았다. 다만 금강부동심법으로 인해 평정심을 유지하고 있을 뿐이다.

백호는 피월려 가까이 코를 가져왔다. 거대한 크기의 콧구멍엔 피월려의 몸이 그대로 들어갈 듯했지만 몸이 없는 이상 그것은 불가능했다.

백호는 코를 킁킁거리며 피월려의 냄새를 맡았고, 덕분에 피월려는 시원한 바람을 온몸으로 만끽할 수 있었다.

"크르릉"

백호는 뒤로 살짝 물러났다. 그 울음소리를 듣자 피월려는 있지도 않는 가슴이 철렁거리는 것을 느꼈다. 어린아이의 평정심은 그토록 연약한 것이다.

그 백호가 앞발로 자기 얼굴을 긁더니 앞발을 교차했다. 그리고 그 위에 얼굴을 올리곤 피월려를 바라보며 말했다.

"내가 누군지 알겠나?"

피월려는 고개를 끄덕였지만 그에겐 고개가 없었다.

"내 안의 짐승이라 했지. 극양혈마공 그 자체라고도 힘이라고도 했어."

"기억하는군. 그때의 만남을 기억할 순 없을 텐데?"

"타의에 의해서 잊히게 된 기억은 모두 기억해. 내가 스스로 잊어버린 것이 아니라면. 내 정신이 온전히 나의 것이 되었으니까."

"그런가? 그럼 왜 스스로 잊은 건 기억하지 못하는데?"

짐승치고는 꽤 궁금증이 많은 듯 보였다.

피월려는 귀찮아졌지만, 대강 설명했다.

"내가 잊은 것은 나에게 그럴 이유가 있기 때문이지. 그러니 정신이 온전하다면 오히려 망각할 건 망각하는 거야. 보통 사람처럼."

"보통 사람처럼?"

"그래 보통 사람처럼."

피월려는 손을 뻗어 백호의 코 주변을 쓰다듬었다. 눈에 보이진 않지만 만지는 느낌은 확실히 났고, 백호도 그 손길이 나쁘지 않은지 작게 그르렁거리며 말했다.

피월려가 말했다.

"이젠 온전한 백호가 되었군. 내 마공으로도 갈망하는 힘이니 뭐니 하는 걸로도 스스로를 표현할 필요가 없게 되었어. 스스로 존재하게 된 것인가?"

확실히 백호의 모습은 전처럼 가도무가 겹쳐 보이지 않았다. 온전히 백호 그대로의 모습. 어릴 적 아버지의 원수인 백호를 처음 마주했을 때의 그 백호였다.

백호가 말했다.

"친히 서쪽으로 움직여 줘서 말이지. 감사함을 표하지."

"……."

"내가 네게 죽어준 이유를 아나?"

"스스로를 봉인한 이유?"

"그래."

"글쎄. 모르겠다. 꼭 알아야 하나?"

"알아야 하는 건 아니지. 다만 널 처음 봤을 때가 인상 깊었다는 걸 말하고 싶었다. 몇 개의 해를 보았는지도 기억하지 못할 만큼 오랜 세월을 산 나도 그런 아이는 처음이었지."

"아버지의 복수를 위해서 널 추격했을 때를 말하는군."

백호가 물었다.

"기억나나?"

"기억나지."

"그때 날 본 너는 겨우 어린아이에 불과했다. 도저히 나를 이길 수단이 전혀 없는 어린아이였어. 몸집도 너무나 작았지. 배가 불러 내 심장을 한 번에 다 먹지도 못했으니까. 하지만 네 눈빛은 어린아이의 그것이 아니었다."

피월려가 살짝 웃었다.

"내가 내 눈빛을 볼 수 있었으면 좋겠으련만. 어땠지?"

"순수한 기쁨으로 넘치고 있었다."

"기쁨?"

"몇 년이고 나를 추격하여 만난 끝에, 두 눈빛은 감격으로 가득 차 있었지. 드디어 아버지의 원수를 만났다는 그 눈빛. 자신의 삶의 목적을 완수한 자가 죽기 직전 가질 수 있는 그 눈빛이 네게 있었다. 죽음을 앞둔 노년의 인간 중에도 그런 눈빛을 가질 수 있는 자는 몇 되지 않아."

"내가 그랬나?"

"이미 넌 나를 죽이고 말고를 생각하고 있지 않았어. 그랬다면 초조해했겠지. 하지만 네 눈빛은 이미 모든 것을 이룬 자의 눈빛이었지. 다시 말하면 나를 마주한 것만으로도 너는 자신의 생명이 어찌 되든 상관없었던 것이야."

"그것에 감동해서 네 스스로를 가뒀나?"

백호는 말없이 가만히 있다가 이내 입을 열었다.

"그래. 어차피 갇혀야 할 거, 이런 인간의 속이라면 갇혀볼 만도 하겠다 싶었다. 예상대로 아주 끝내주는 유희를 즐겼어."

"어차피 갇혀야 할 거? 무슨 뜻이지?"

"무슨 뜻이긴, 내가 주작과 현무의 뜻에 동참하여 황룡님에게 반기를 들었다는 뜻이지. 미루고 미루다 네 눈빛을 보고 결정한 것이다."

"……"

"어쨌든 다른 몸으로 옮겨 가기 전에 인사라도 할까 하고 불렀다."

"부활하는 것이 아니었나?"

"서쪽으로 와서 자아를 되찾았을 뿐, 현실에 현현(顯現)할 수 있을 정도는 아니지."

"그런가."

백호는 나지막하게 말하는 피월려를 물끄러미 내려다보다가 말했다.

"내가 떠나면 네 몸은 죽는다. 네 몸은 선천지기가 완전히 고갈된 몸. 오직 나와 용의 힘으로 그동안 수명이 연장된 몸이니까."

"……"

"보아하니 정말 용도 없애 버렸더군. 그리고 이젠 나까지 사라지면 네 몸도 정신도 온전히 네 것이 된다. 그러면 기다리는 건 죽음뿐이야. 지금까지 네가 네 몸과 정신을 혹사한 것을 생각하면 지금 존재하고 있는 것만으로도 기적이지."

"안타깝나?"

"아비와 아들을 같이 죽이는 것 같아 그런다."

피월려는 끝까지 참으려 했던 질문을 던졌다.

"애초에 왜 내 아버지를 죽였지?"

백호는 딱딱하게 말했다.

"내 아이들을 죽였으니까."

"아이들?"

"호엽사(虎獵師)였지 않느냐? 그것도 중원 전체에서 알아줄 정도로 실력이 좋은. 산군(山君)은 야생을 다스리라고 내가 세상에 뿌린 동물이다. 네 아버지는 야생 전체에 영향을 끼칠 정도로 너무 많은 산군을 사냥했다. 그래서 내가 직접 나서서 죽였다."

"……."

"화가 나나?"

"아니. 의외로 너무 정당한 이유라 할 말이 없어 그런다."

백호는 기지개를 켜듯 허리를 쭉 펴며 말했다.

"그렇겠지."

"……."

"저승에 가서 네가 죽인 자들에게 잘 빌어봐라. 지옥행은 면할 수 있을 것이다. 그럼."

"죽지 않아."

막 고개를 돌리려던 백호가 몸을 멈췄다.

"뭐가?"

피월려는 중얼거리듯 말했다.

"심(心), 검(劍), 마(魔)가 서로 얽히고설켜 도저히 떨어질 수 없을 만큼 비틀린 채로 서로를 지탱했지. 이젠 아니다."

"……."

"나는 내가 원하는 대로 무(無)가 되었어. 이젠 오르는 것만 남았지."

백호는 말없이 몸을 돌려 서서히 멀어졌다. 그렇게 점차 열어져 가면서 마지막 말을 남겼다.

"왠지 또 볼 것 같군."

백호가 시야에서 사라지자 피월려도 눈을 떴다.

처음 눈에 들어오는 것은 터질 듯 쿵쾅거리고 있는 그의 심장이었다.

전체적으로 보이는 심장의 모양은 평소 그가 아는 것과는 판이하게 달랐다. 좌심실, 우심실, 좌심방, 우심방이 있어야 할 곳엔 앞발과 뒷발이 있었고, 그 중심에는 눈을 감은 호랑이가 머리를 숙이고 있었다.

마치 심장을 호랑이에 묘사한 예술가의 작품과도 같았지만 생동감 넘치게 쿵쾅거리는 것을 보면 살아 있는 것이 분명했다.

피월려는 온몸에 힘이 없어 꼼짝도 할 수 없었다. 곧 눈의 초점을 맞추는 것조차 버거워서 시선이 흐려졌다. 숨을 들이마시고 내쉬는 것 또한 너무 무거워서 할 수 없었다. 마치 배 위에 만근을 올려놓고 숨을 쉬는 기분이었다.

흐릿한 시선으로 보이는 사람은 대략 네다섯 명 정도 되는 것 같았다. 피월려는 그 생김새를 추측해 그들이 그의 방에서 그를 기다렸던 사람들인 것을 기억했다.

그중 나지오로 추정되는 그림자가 그의 앞까지 다가왔다.

"의식이 돌아왔냐?"

피월려는 당연히 이렇다 할 반응을 할 수 없었다. 다만 눈을 몇 번이나 깜박이는 것으로 대신했다. 그러자 나지오가 한쪽으로 손짓했고, 그곳에 있던 제갈극이 피월려의 머리에 손을 얹었다. 나지오는 피월려의 단전으로 서서히 진기를 불어넣어 줬고 메말라 비틀어진 그의 몸은 마치 갈라진 땅이 단비를 마시는 것처럼 그 진기를 받았다.

어느 정도 힘이 생긴 피월려는 몸을 움직이려 했다. 하지만 여전히 움직일 수 없었는데, 이는 기력이 없어서 그런 것이 아니라 몸 자체의 기능이 죽어서 그런 것이었다. 그는 움직이는 것을 포기하고 나지오에게 말했다.

"무슨 일이 있던 것이오?"

겨우 움직이는 갈라진 입술 사이로 미약한 그 목소리가 흘러나왔다.

나지오는 박수 한 번을 딱 하고 치더니 말했다.

"네 심장에서 백호를 적출하는 중이다."

"적출?"

나지오는 피월려 앞쪽에 누워 있는 시록쇠를 가리키며 말했다.

"시록쇠에게 백호가 담긴 네 심장을 전해줄 거야. 본래는 심장을 씹어 먹는 것으로 백호를 옮기려 했지만 백호가 거의 되살아나다시피 해서 어쩔 수 없이 이 방법을 택했지. 아마 자칫 잘못하면 부활할 테니까. 제갈극이 고생이 많아."

"그, 그럼."

"응. 넌 죽게 될 거야. 아쉽지만."

"……."

나지오는 한쪽에 서 있던 돈사하를 손바닥으로 가리키며 말했다.

"여기 계신 마목께서 참을성이 바닥이 나서 말이야. 혈단을 제조할 수 있는 방법은 원래 없고 오랜 시간의 연구가 필요하다고 하니까 이런 요구를 했어. 편이 불분명한 네 몸에서 확실한 천살가의 인물인 시록쇠에게 백호가 봉인된 심장을 넘겨달라고. 이왕 이렇게 된 거 마목으로 돈사하를 뽑아도 되겠다 싶어서 말이야."

"서, 설마. 나 선배가……."

나지오는 안타깝다는 눈빛으로 피월려를 내려다보며 말했다.

"미안하지만 대의를 위해서 네가 희생해야겠다. 여기 있는 사람 중 희생하지 않은 사람이 없어. 그러니 너도 불평만 하진 못할 거다. 목숨 하나만 희생하면 그만이니."

나지오가 작은 나무 의자를 끌고 오자 피월려가 물었다.

"왜?"

피월려의 질문에 나지오가 피식 웃더니 되물었다.

"왜냐고?"

"왜 배신했소?"

"배신이라, 흐음. 가만 보면 너는 배신이란 말의 의미를 잘 모르는 것 같아."

"……."

"가장 간단하게 설명할게. 지금 우리 일과 엮인 그 어떤 세력도 네가 입신에 오르는 걸 원치 않아."

"……."

"박소을도 그렇고, 현천가도 그렇고, 천살가도 그렇고, 백도무림도 그렇고, 청룡궁도 그렇고."

"나 선배도 그렇소?"

"응."

"……."

"거의 모든 무인들이 너와 대화하는 것만으로도 무공이 상승했지. 그것만으로 너는 이미 위협 대상이야."

"말하는 것을 들어보니 이유가 더 있는 것 같소."

"더 있지. 내가 하나 묻고 싶은데, 너 도대체 누구 편이야?"

"……."

"너, 도대체 목적이 뭐야?"

"……."

"네가 말하는 협? 사랑이라 했나? 장난도 정도껏 쳐야지. 진설린을 사랑해서 박소을에게 붙을 거야? 아니면 제갈미를 사랑해서 여기 극이와 함께 제갈세가에서 같이 놀 거야? 아니면 사천에 입신에 오를 길이 있으니, 현천가와 한패가 될 거야? 아니면, 입교 당시 조금 잘해줬다고 선배, 선배거리며 따랐던 나를 위해서 백도무림을 섬길 거야? 네가 한번 말해봐. 넌 누구의 편이지?"

"……."

"네 협을 위해서 박소을도 제갈극도 나도 그리고 혈적현도 모조리 다 죽일 수 있어?"

"……."

"아님, 진설린을 위해서 네 협을 버리고 제갈극도 나도 혈적현도 죽이고, 천마신교도 백도무림도 멸망시킬 수 있어?"

"……."

"그러면 제갈세가를 위해서 다른 모든 것을 배제할 수 있어? 아니면 오로지 네 무를 위해서 다른 모든 것을 배제할 수 있어? 네가 바라는 것 단 하나를 선택하고 그것을 위해서 다른 모든 것을 포기할 수 있어?"

"……."

"너는 그 어느 것 하나 선택 못 해. 그렇지 않아? 그런 놈이
잖아, 넌."

"……."

"정(情)에 약해 빠진 놈."

"……."

"그런 놈이면 진작 죽었어야 해. 무림이 만만한 곳인가? 그
렇게 이것저것 다 손안에 움켜쥐고 살아갈 수 있을 만큼 녹록
한 곳이 아니야. 하지만 넌 해냈어. 각종 세력에 놀아나고 휘
둘리고……. 그런 놈이 살아 있으면 안 되는 곳이야, 무림은.
모든 것을 다 잃어버린 척, 도도한 신선놀음이나 하고 있었지
만 실상 너는 무엇 하나 포기하지 못하는 못난 놈이야."

"……."

"그래서 더 묻고 싶다. 네놈은 왜 살아 있지? 어떻게 살아
있는 것이지? 무엇이 널 살리고 있는 거냐? 어떻게 그리 시체
보다도 못한 몸을 하고서도 의지조차 꺾이지 않고 무를 추구
하여 그 세상을 집어삼킬 흑염구를 반으로 갈라 버릴 수 있던
것이냐? 심장조차 잃어버린 지금 이 순간조차, 네가 믿어 의심
치 않았던 내가 널 배신하는 지금 이 순간조차 왜 넌 평온한
것이지?"

"그저 죽음을 받아들였기 때문이 아니겠소?"

"킥! 킥킥킥! 킥킥킥!"

"나도 웃을 수 있으면 웃고 싶소."

"킥킥! 그래. 그래! 웃을 힘도 없겠지. 킥킥킥. 지금 당장 내가 진기를 끊어버리면 넌 반각도 되지 않아 송장이 되어버릴 테니까."

"그럼 끊어버리시오."

"뭐?"

"그럼 끊으시오. 손을 떼서 진기를 더 불어 넣지 마시오."

"안 그래도 그럴 생각이다."

"한데 왜 나를 계속 붙잡고 계신 것이오?"

"……"

"왜 군이 진기를 불어 넣어 나를 살려서 이런 대화를 이어가는 것이오?"

"……"

"정작 아쉬운 사람은 나 선배 아니시오?"

"……"

"내가 낭인 시절 들었던 충고가 있소. 그 당시 나와 함께 아수라장을 겪은 낭인 고수가 내게 해준 말이었소. 살인을 할 땐 주저리주저리 말하지 말고 칼을 찔러 넣으라고."

"……"

"사람의 마음이 묘한 것이 말이오, 상대를 죽일 수 있는 확실한 우위를 점하게 되면 그때부터 혀가 바빠지기 시작하오. 어차피 죽일 놈을 앞에다 두고 이런저런 되도 않는 말을 하게 되지. 물론 그러다가 반격을 당하기 일쑤. 하지만 그걸 알면서도 자기도 모르게 주저리주저리 말을 내뱉는 걸 참기가 참으로 힘들다오. 왜 그런 줄 아시오?"

"왜?"

"아쉬워서 그렇소. 아쉬워서."

"……."

"나 선배께선 물론 살인을 해보셨겠지만, 다시 정공을 익히는 와중에서 살인의 기억을 잊으셨으리라 생각하오. 그것을 완전히 지워내지 않는다면 화산파의 정공으로 절대 입신이라는 지고한 경지에 이를 수 없을 것이오. 다시 말하면 나 선배는 살인에 있어서 파락호보다 서투른 사람이오."

"……."

"그래서 그리 입을 아프게 놀리는 것이오."

"킥킥킥. 재밌는 이야기야."

"역시 나 선배는 내 충고를 들어야 했소."

"무슨 충고?"

"화산파로 돌아가셨어야 했소. 이미 너무 많이 타락하셨소."

"대의를 이루기 위해서, 나 하나 타락하는 것을 두려워할 순 없지."

"이렇게 나와 대화를 이어가는 것만 보더라도 나 선배가 마음속 깊은 곳에서 얼마나 큰 죄책감을 느끼고 계신지 잘 아오. 대의를 이루고자 하는 희생이라고 스스로를 두둔하고 계시겠지만 그렇다고 죄책감이 사라지진 않을 것이오."

"……."

"나를 배신해서 생긴 그 죄책감을 어찌 감당하시려고 하시오? 나 선배가 익힌 화산파의 내공은 정공 중의 정공이오. 티끌만 한 죄책감에도 그 순수함이 탁해지는데, 평생 남을 만한 죄책감은 분명 나 선배를 선로(仙路)에서 벗어나게 할 것이오."

"어차피 하산(下山)하는 순간 선로에서 벗어났어."

"지금이라도 늦지 않았소. 이것은 나를 생각해서 하는 말이 아니오. 오로지 나 선배를 생각해서 하는 말이오. 돌이키시오. 양심이 말하는 바를 따르시오. 그렇지 않으면 나 선배는 제2의 검선이 될 뿐이오."

"협을 위해선 어쩔 수 없다. 나는 협을 이루겠다 정충과 약속했어. 그것을 깰 순 없다. 나 하나 타락하여 중원을 구할 수 있다면, 나는 얼마든지 그리할 것이다."

"……."

"……."

"내가 전에 수라가 되었을 적의 기억이 돌아왔소. 내가 검선을 죽였던 그 기억 말이오. 그 당시 검선의 심장에는 마기가 가득했소. 아마 그도 오랜 세월 동안 세속을 굽어 살피며 점차 타락하게 된 것일 것이오. 그 엄청난 양의 마기를 심장에 가둔 채 계속해서 협을 쫓았을 것이오. 하지만 그 결과, 그가 이끌던 무당파가 어떻게 되었소?"

"……"

"무당파의 태극진인들조차도 심장에 마기를 품었었소. 아마 검선은 그 마기를 다스리기 위해서 새로운 내공을 창시했을 것이오. 그리고 그것이 좋은 것이라 스스로를 속이곤 제자들에게까지 가르쳤겠지."

"무슨 말이 하고 싶은 것이냐?"

"타락하는 것은 나 선배 혼자가 아니오. 나 선배가 타락하면, 나 선배가 이끄는 화산파 전체가 무너질 것이오. 그것이 입신의 고수가 가진 영향력이오."

"……"

"지금이라도 늦지 않았소."

"……"

"부탁하오. 돌이키시오."

"킥킥."

"……"

"정말 네 심계는 감탄에 감탄밖에 더해지지 않아. 이 와중에서도 그렇게 살 방도를 궁리하다니. 부럽다, 부러워."

"……."

"정말이지 내 손으로 죽일 수 있으면 좋겠어. 하지만 그랬다간 더욱 빠르게 타락하겠지. 킥킥킥. 그럴 순 없지. 암, 그렇고말고."

"……."

"피월려. 네가 생각하는 대로 흘러가진 않을 것이다. 나는 직접 역혈지체가 되어서 천마신교의 마공까지 익혀봤어. 게다가 마공화된 화산파의 무공을 연구까지 했지. 그러니 내가 타락하여 내 심장에 마기가 쌓인다 한들 그것을 다루지 못할 리 없다."

"검선도 같은 생각이었을 것이오."

"뭐?"

"그 또한 마교 출신의 첩자. 잊으셨소?"

"……."

"검선의 새로운 내공을 익힌 태극진인은 악행에 무감각했소. 아무런 무공조차 익히지 않은 힘없는 아녀자를 겁탈하는 데 거리낌이 없을 정도였지. 백도의 기둥인 무당파의 태극진인들이 그렇게 되니, 무당파가 힘을 잃게 된 건 불 보듯 뻔한 것이었소."

"……."

"나 선배. 선공과 마공을 같이 다루겠다는 그 생각은 오만일 뿐이오."

"킥. 오만? 오만이라! 모든 이가 마치 네 아래인 것처럼 굴면서 무공을 가르치려는 네가 내게 할 말은 아닌 것 같은데?"

"……."

"말해."

"무엇을 말이오?"

"네가 입신에 들 수 있다고 말한 것이 허풍이라는 거."

"……."

"허풍일 수밖에 없지. 어찌 이런 몸을 가지고 입신에 든다는 거냐? 킥킥킥. 네 그 자랑스러운 심계로 모든 이를 속일 순 있었겠지만, 나는 못 속인다. 피월려. 그러니 죽기 전엔 솔직하게 마음을 털어놓고 가라."

"허풍이 아니오."

"그래? 그럼 어떻게 오르는 건데? 그걸 말해봐."

"말할 수 없소."

"킥킥킥. 그래, 그러시겠지?"

"나 선배는 내가 입신에 들 수 있다는 것이 허풍처럼 들렸소?"

"들린 것이 아니라 그런 것이야."

"그런 것이라 믿고 싶은 것은 아니오?"

"뭐?"

"내가 입신에 들 수 있다고 한 것이 허풍이어야지만 대의를 위해서 나를 배신한 것이 정당성을 얻을 수 있기 때문이오. 내가 말한 대로 내가 입신에 들 수 있다면, 당연히 나와 손을 잡아야 하는 것 아니겠소? 내가 나 선배를 먼저 속이려 했다고 믿고 싶은 것이오, 나 선배는."

"……."

"나를 향한 비난은 죄책감을 덜기 위한 방편에 불과하오. 그래서 내게 자백을 받으려고 하는 것이고."

"입신인 나에게 타심통은 통하지 않아, 피월려. 내 마음을 읽은 척하지 마라."

"나 선배의 마음은 타심통이 없어도 충분히 볼 수 있소."

"……."

"나 선배."

"오냐."

"내가 입신에 드는 것이 그리 부럽소?"

"……."

"그래서 나를 믿고 싶지 않은 것이오?"

"……."

"그래서 내 말이 허풍이라 믿고 싶은 것이오?"

"……."

"그래서 대의를 위한 것이라 스스로에게 말하고 나를 배신한 것이오?"

"……."

"그런 것이오?"

"그럼 말하라니까. 네가 입신에 들기 위해서 사천에 왔어야 하는 그 이유를 말이야. 그걸 속 시원하게 밝히면 되는 것 아니냐? 그러면 허풍이 아닌 것이고, 나도 부정할 수 없는 것이지."

"말할 수 없소. 그것이 내가 살아날 유일한 희망인데 그것을 말하는 것은 나 선배에게 화산파 최고 절기의 구절을 말하라는 것과 진배없지 않소?"

"어차피 넌 여기서 죽어. 마지막 기회야. 말해."

"말할 수 없소."

"그래. 역시 허풍이었군. 나를 속일 순 없어, 피월려."

"……."

"그동안 즐거웠다. 좋은 인연이었어. 나도 지옥에 들어갈 것이 뻔하니, 거기서 또 보자."

"……."

"그럼. 안녕."

나지오는 손가락을 피월려의 단전에서 뗐다.

끊임없이 공급되던 그의 진기가 끊기자 피월려의 몸은 서서히 생기를 잃어가기 시작했다. 급속도로 낮아지는 체온에 몸의 근육이 굳었고, 생각의 속도 또한 느려지기 시작했다. 그와 동시에 천안통의 효과도 사라져, 시야가 완전히 어두워졌다.

피월려는 또다시 완전한 무의 공간에 떨어진 것 같은 착각에 사로잡혔다.

아니, 그것은 착각이 아니었다.

현실이었다.

『천마신교 낙양지부』 24권에 계속…

초대형 24시 만화방

신간 100%, 샤워실, 흡연실, 수면실(침대석), 커플석, 세탁기 완비

■ 광명 광명사거리역점 ■

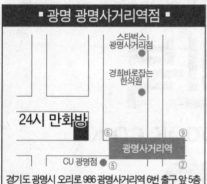

경기도 광명시 오리로 986 광명사거리역 6번 출구 앞 5층
02) 2625-9940 (솔목타워 5층)

■ 강북 노원역점 ■

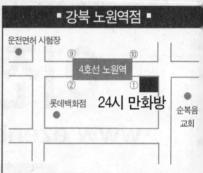

서울 노원구 상계동 340-6 노원역 1번 출구 앞 3층
02) 951-8324 (화용빌딩 3층)

■ 일산 정발산역점 ■

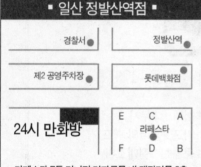

라페스타 E동 건너편 먹자골목 내 객잔건물 5층
031) 914-1957

■ 일산 화정역점 ■

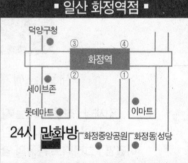

경기도 고양시 덕양구 화정동 984번지 서일빌딩 7층
031) 979-4874 (서일사우나 건물 7층)

■ 부천 역곡역점 ■

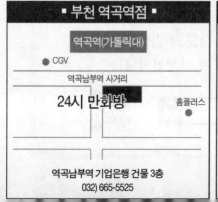

역곡남부역 기업은행 건물 3층
032) 665-5525

■ 부평역점 ■

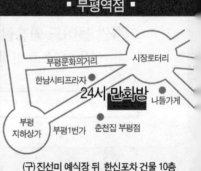

(구) 진선미 예식장 뒤 한신포차 건물 10층
032) 522-2871